Services Publics 1

PÈRE ET MÈRE TU HONORERAS

Yvon St-Louis

*à celle que j'ai imaginé
dans le rôle de nicole.*

yvon St-Louis

LES ÉDITIONS

TRAFFORD

Avis aux bibliothécaires : un dossier de catalogage pour ce livre est disponible à la Bibliothèque et Archives Canada au : www.collectionscanada.ca/amicus/index-f.html
ISBN 1-4120-9457-7

Imprimé à Victoria, BC, Canada. Imprimé sur papier contenant au moins 30% de fibres recyclées. L'atelier d'imprimerie de Trafford utilise des sources d'énergie qui respectent l'environnement.

LES ÉDITIONS
TRAFFORD

Canada, États-Unis, Irlande, Royaume-Uni

Vente de livres en Amérique du nord et au niveau international :
Les Publications Trafford
6E – 2333 Government Street
Victoria, BC V8T 4P4 CANADA
Téléphone : (250) 383-6864 sans frais : 1-888-232-4444
Télécopieur : (250) 383-6804 Courriel : commandes@trafford.com
Vente de livres en Europe :
Trafford Publishing (UK) Limited, 9 Park Street, 2nd Floor
Oxford, UK OX1 1HH Royaume-Uni
Téléphone : +44 (0)1865 722 113 (tarif local 0845 230 9601)
Télécopieur : +44 (0)1865 722 868 Courriel : commandes.ru@trafford.com
Pour commander en ligne :
trafford.com/06-1212

10 9 8 7 6 5 4 3

Bienvenue dans les services publics

Une chambre à coucher sombre avec un petit réveil matin lumineux. Il n'y a pas un bruit. Soudain, le réveil sonne et deux boules sursautent sous les couvertures. Une main féminine et une main masculine se tendent vers le réveil et l'éteignent en même temps.

- Bonjour mon amour, dit Chantale en embrassant Jean-Louis.
- Bonjour ma chérie. Comment te sens-tu?
- Bien, mais j'ai un peu froid. Tu viens me réchauffer? répond-elle avec un sourire polisson.
- Bien sûr.
Et il l'embrasse.

Un peu plus tard, l'homme prépare un déjeuner alors que la douche coule. Le bruit arrête et on entend une voix de femme fredonner un air sans suite mais harmonieux. L'homme regarde en direction de la salle de bain avec un sourire.

- Chantale! Qu'est-ce que tu préfères sur tes toasts?
Pas de réponse.
- CHANTALE!
La porte de la salle de bain s'entrouvre et la femme sort la tête.
- Jean-Louis Laflamme! Qu'est-ce qui te prend de me crier après de bonne heure de même?
- Je ne te crie pas après, je veux juste savoir ce que je prépare à une femme superbe.

- Tout ce que tu veux en autant que tu ne l'amènes pas ici!

Jean-Louis roule des yeux surpris.

- J'ai dû manquer un épisode quelque part.

Chantale sort de la chambre de bain avec un peignoir pêche, s'approche de Jean-Louis et l'embrasse en rigolant. Ce qui mouille un peu son uniforme de pompier.

- Je te taquine voyons!

- J'aurais dû m'en douter. Je suis sur les nerfs aujourd'hui. Je vais avoir la responsabilité totale de la caserne.

Jean-Louis apporte les plats à la table où Chantale et lui s'assoient.

- François n'est pas à la caserne aujourd'hui?

- Non. Sa fille Michèle ouvre une maison de naissances.

- Elle a réussi? répond-elle en prenant une bouchée de toast avec du miel. C'est super!

- Je crois qu'elle n'aurait pas réussi sans l'aide de Nicole et Nathalie du CLSC.

- Elles viennent à l'école aujourd'hui.

- Pourquoi?

- La routine habituelle. Vérification de vaccins et le soin des petits bobos pour Nicole. Pour Nathalie, il y a le cas d'une fillette que je lui ai référée. Son père est en prison et sa mère ne s'occupe pas d'elle. Elle doit lui parler avant d'intervenir dans sa famille.

Chantale se met à sourire.

- Qu'est-ce qui te fait sourire?

- Je me disais que les temps ont bien changé. Il y a quelques années, on n'aurait pas permis à deux femmes homosexuelles d'approcher des enfants de peur de les pervertir.

- Il faut dire qu'elles sont assez discrètes.

- C'est moins une question de discrétion que le fait qu'elles sont persuadées que ce qu'elles vivent n'appartient qu'à elles. Comme nous en fait.

- Moi, je suis prêt à crier sur les toits que je t'aime, dit-il en la serrant dans ses bras.

- D'accord, mais pas trop fort pour ne pas réveiller les voisins.

Ils se bercent un petit moment et Chantale se secoue.

- Bon, il faut que je me trouve quelque chose à mettre.
- Tu pourrais enlever ta robe de chambre, ce serait parfait.
- Pour aller travailler?
- Ben, pas vraiment, c'est juste que je me demandais si on pouvait arriver en retard ...
- Non. Ce soir.
- Des promesses.
- C'est plus qu'une promesse.
- Et si j'ai mal à la tête? demande Jean-Louis avec un sourire ironique.

Chantale sort alors une bouteille d'aspirines d'une armoire et la lui donne en disant :

- Prends tes précautions. Et elle se sauve en vitesse vers la chambre.

Ils finissent de se préparer tous les deux et ils sortent de l'appartement. Ils montent ensuite dans la voiture. Jean-Louis prend toujours du plaisir à aller reconduire sa femme à son travail. C'est une période où il n'est pas dérangé et où il n'allume pas son cellulaire. Ils arrivent près d'une école et Jean-Louis s'arrête. Chantale descend.

- Bonne journée! Peux-tu venir me chercher chez le docteur Tousignant après ton travail?
- Docteur Tousignant? À quelle heure? Et pourquoi?
- J'ai rendez-vous à 4h30 et ça ne devrait pas être long. Il n'y a rien de grave. Je t'expliquerai tout plus tard.
- Sadique! Je vais passer la journée dévoré par la curiosité!
- Comme ça, je suis sûre que tu vas passer la journée à penser à moi. Bonne journée!

Ils s'embrassent. Chantale descend et marche sur le trottoir pendant que Jean-Louis s'éloigne en voiture. Elle est rejointe par Nicole et Nathalie. Elles se saluent et échangent quelques mots.

Une voiture s'arrête près d'elles et une autre femme en descend. C'est Hélène qui enseigne à la même école et qui s'occupe aussi du syndicat. Elles se saluent.

- Eh bien, ça dure avec ton policier, remarque Nathalie.

- Eh oui et on commence à penser mariage, répond Hélène.

- Pourquoi faire? intervient Nicole. Après tout, vous savez que vous vous aimez, non?

- Moi, je me sentirais plus à l'aise avec ça.

- Question de possession, lance Chantale avec un petit sourire ironique.

- Ça, c'est un sujet dont on devra discuter toi et moi, souligne Nathalie en regardant Nicole.

- Il y a du mariage dans l'air, fit Hélène en souriant.

- Nous allons nous faire un plaisir d'aller au tien, rétorque Nicole.

- Je parlais du vôtre.

- Ce n'est pas encore fait et là on arrive au boulot alors silence là-dessus, d'accord? ajoute Nathalie.

Elles entrent dans l'école. Il y a la bousculade habituelle des étudiants et des professeurs qui se rendent à leur cours et qui sont pris dans leurs préoccupations. Le directeur de l'école sort de son bureau et s'approche du groupe d'amies qui continuent à discuter.

- Chantale! appelle Michel, le directeur. Est-ce que je peux te parler une minute?

- Bien sûr!

- Ma secrétaire m'a avisé que tu ne pourras pas être à la réunion ce soir.

- Non. Je vais voir un docteur.

- Je veux présenter le projet TIGR. J'ai toujours envie de prononcer « tigre » même si il n'y a pas de « e » à la fin.

- C'est le projet sur les gangs de rue?

- Oui. Je pourrais te donner une copie du projet avant que tu partes ce soir et tu pourras le lire.

- Pas de problème.

Michel se tourne vers les cases où deux étudiants échangent un manteau.

- Adam! Qu'est-ce que tu es encore en train de mijoter?

Il s'approche d'Adam, pendant que Chantale reprend son chemin vers sa salle de cours.

- Rends-lui ça!

- Mais il me l'a donné, m'sieur.

- Me semble oui. Ça arrive tous les jours de donner un manteau neuf à un inconnu. Dans mon bureau tout de suite!

Il se tourne ensuite vers l'autre élève.

- Quant à toi, je ne veux plus te voir céder quoi que ce soit. S'il y a un problème, tu nous en parles. Je tiens à ce que mes élèves puissent étudier normalement dans mon école.

Il se tourne à nouveau vers Adam.

- Allez! On y va.

- Vous pouvez rien me faire, j'ai pas 16 ans!

- On va discuter de cet intéressant mythe dans mon bureau. Allez!

Pierre, le policier qui a déposé Hélène, la regarde s'éloigner un moment puis il embraye et se dirige vers le poste de commandement auquel il est attaché. Il stationne sa voiture et se dirige vers l'entrée du personnel. Soudain il entend qu'on l'appelle. Une femme aux cheveux bruns raides lui fait un signe. Elle est accompagnée d'un autre policier, Normand qui est son coéquipier. Il reconnaît Lucie qui est procureure de la couronne. Elle s'appelle Lucie Patenaude et Pierre croit se rappeler qu'il y a quelque chose entre elle et Normand.

- Bonjour! dit-il. Tu voulais être sûre que nous allions au tribunal?

- Pas vraiment. C'est Lisa qui m'a appelée pour me dire qu'elle terminerait une affaire aujourd'hui.

- Ah bon. Et comment ça va vous deux?

- C'est fini depuis un certain temps, répond Normand. Je te l'ai dit, il me semble.

- Et puis j'ai rencontré quelqu'un et cela va assez bien, ajoute Lucie.

- Tu rencontres toujours quelqu'un, remarque Pierre, sur un ton admiratif.

- C'est assez vrai, mais cette fois-ci c'est le bon. J'ai réussi à mettre de côté le fait que Robert m'ait laissée pour vivre une histoire d'amour avec un autre gars. J'ai retrouvé un peu d'estime de moi et je m'écoute plus. Je sais maintenant que je suis séduisante et que le cas de Robert est exceptionnel, surtout maintenant. Et si on entrait?

Ils font oui de la tête et entrent dans l'édifice. Ils passent près de la réception. Le policier de garde les reconnaît et débarre l'entrée qui mène aux bureaux. Il y a un espace ouvert contenant des bureaux où quelques policiers épluchent des dossiers ou discutent des enquêtes en cours. L'un d'eux, Luc Dagenais, se lève et vient les rejoindre.

- Salut. À quelle heure pensez-vous avoir fini votre témoignage?

- Vers midi à peu près, répond Normand.

- Ok. Vers 3 heures, vous patrouillerez le secteur 7. Marc va faire quelque chose pour être arrêté.

- Il ne t'a pas dit quoi? questionne Pierre.

- C'est une surprise. Il y a beaucoup de ramifications dans ce gang de rue et il doit me faire un rapport. Et on a des choses à clarifier pour l'argent.

- Pas de problème. On va avoir l'air méchants, répond Pierre avec un sourire torve.

- Ok.

Luc retourne alors vers son bureau. Un autre policier sort alors d'une salle d'interrogatoire. Il aperçoit Lucie et lui fait un signe de la main pour attirer son attention. Il s'approche d'elle.

- Lucie! Justement la personne que je voulais voir.

- Comment ça va Jean?

- Bien. J'ai un cas spécial sur les bras et j'ai besoin de ton avis.

- Je t'écoute, mais je suis un peu pressée. Je vais au dépôt des pièces à conviction.

- Il y a un type dans la salle qui vient d'avouer le meurtre d'une femme âgée.

- Bravo, un cas facile pour moi.

- Le problème c'est que nous n'avons pas de corps.

- Comment ça pas de corps?

- Il dit qu'il l'a dissout dans l'acide.

Lucie a un geste de dépit et fait la grimace.

- J'en déduis que ça ne marchera pas.

- Évidemment que non. Il pourra dire que ce n'est qu'une histoire quand nous serons devant le juge.

- C'est ce que j'ai pensé en le voyant se fendre la poire pendant qu'il m'avouait cela.

Lucie réfléchit un moment.

- Allons en parler à Simon de la police scientifique. Il aura peut-être une idée. Vous restez avec moi vous deux, ajoute-t-elle en s'adressant à Pierre et Normand. Ils se dirigent vers un ascenseur et le prennent. Ils en sortent pour aller au laboratoire et demandent Simon. Un homme en sarrau lève les yeux de son microscope et vient les rejoindre. Jean lui répète son histoire.

- Quel âge a la dame? demande Simon.

- La soixantaine à peu près.

- Une idée de son revenu?

- Très à l'aise.

- Est-ce que tu as vu un peu son garde-manger?

- Oui et je n'ai rien remarqué de particulier. Elle mange un peu comme tout le monde. Je ne vois pas le rapport.

- Le rapport c'est qu'elle peut avoir développé des calculs biliaires et que ceux-ci ne se dissolvent pas dans l'acide. On peut aussi prouver leur provenance par un test ADN.

- Parfait! s'exclame Lucie. Avec quelque chose comme ça, je peux tenter d'obtenir la condamnation.

Simon enlève son sarrau et met une veste.

- Si on allait inspecter l'endroit?
- Ok!

Jean et Simon se dirigent vers l'ascenseur. Ils l'appellent. Comme le dépôt des pièces à conviction est plus loin que l'ascenseur, Lucie, Pierre et Normand vont dans la même direction. Les portes de l'ascenseur s'ouvrent. Un homme sort de l'ascenseur et se dirige vers Lucie. Simon et Jean montent dans l'ascenseur.

- Bonjour! J'ai rendez-vous avec l'inspectrice Forlano au local S-350.
- Nous y allons aussi. Accompagnez-nous.

Ils se dirigent vers un local et y entrent. Des appareils photographiques s'alignent le long d'un mur. Une femme aux cheveux bruns bouclés est en train d'examiner des photos. L'homme se dirige vers elle.

- Inspectrice Forlano!
- M. Touchette! Merci d'être venu. J'ai un petit détail qui m'agace.
- Comme toujours.
- Eh oui. Je n'y connais rien en photos, mais nous avons des experts qui nous disent que votre femme n'est pas dans la bonne position et que quelqu'un aurait manipulé le négatif pour l'inverser.
- C'est ridicule! Vos experts se trompent.
- Moi, je suis bien obligée de les croire.
- Enfin, inspectrice!

M. Touchette se dirige vers le mur, prend une caméra et la met sur la table devant Lisa.

- Regardez vous-même! Vous voyez bien que le négatif n'est pas inversé!

Lisa se retourne vers un homme.

- Vous avez vu ce qu'il vient de faire?
- Oui, inspectrice.

Elle se tourne vers une autre personne et pose la même

question et finalement se tourne vers Lucie qui lui répond la même chose.

— M. Touchette, nous n'avons jamais parlé de l'appareil photo. Seul l'assassin de votre femme le connaît. Comme vous. Au nom de la loi, je vous arrête.

M. Touchette regarde l'appareil photo comme si le sol venait de s'ouvrir devant lui.

— Je veux voir mon avocat!

— Bien sûr, intervient Lucie. Ces messieurs vont vous conduire à un téléphone, dit-elle en désignant Pierre et Normand.

— Qui êtes-vous?

— La procureure de la couronne.

— Je peux utiliser mon cellulaire?

— Oui.

M. Touchette sort son cellulaire et compose un numéro.

Le téléphone cellulaire de Claude sonne et il répond. Il est dans le bureau d'un juge avec son assistante Kathleen. Il écoute un moment.

— Ne dites plus rien. Je vous envoie quelqu'un maintenant.

Et il raccroche.

— Kathleen, tu veux bien aller au centre opérationnel nord? M. Touchette vient d'être arrêté. Temporise jusqu'à ce que je donne le dossier à François.

— D'accord.

Kathleen sort et Claude se tourne vers le juge.

— Excusez-moi pour l'interruption.

— Je vous en prie.

— Je disais donc que mon client ne peut avoir un procès juste et équitable à cause de ce que les médias ont raconté sur lui.

— Maître, ils ont rapporté ses paroles et rien de plus. J'ai ici des procès-verbaux où il affirme que tout ce que les journaux ont dit est vrai. Il a bien tué cet enfant.

— Mais il y aurait quand même vice de procédures. Les jurés

doivent être impartiaux et ils ne le seront pas dans ce cas et vous le savez très bien.

- Oui, je le sais. Je me demande même si ce n'est pas une tactique de votre part pour faire en sorte que votre client s'en tire.

- Je vous jure que non! réplique-t-il en frappant du poing sur sa main. J'ai à coeur l'intégrité de la loi et cet homme, aussi dépravé soit-il, a le droit d`être traité avec justice!

À ce moment, quelqu'un cogne à la porte. Le juge Jacques Falardeau lui dit d'entrer. La secrétaire entre et remet un paquet que l'on vient de livrer pour le juge. Jacques demande à Claude s'il peut l'ouvrir. Claude acquiesce. Le paquet contient un petit tableau. Le juge le regarde un moment.

- Ça vient de Robert.

Claude regarde le tableau avec un sourire.

- C'est beau.

- Oui. Je vais l'accrocher là. Pourquoi ce petit sourire?

- Je me disais que même si je ne comprends pas comment on peut aimer une personne de son sexe, j'aime mieux voir ça que de la bataille ou de la guerre.

- Je comprends. Mais revenons à notre affaire. Votre client a volontairement donné tous les détails aux journaux dans le but d'obtenir un vice de procédures.

- Je crois plutôt que c'est un malade qui a besoin de soins.

- Vous pourrez le plaider au tribunal.

- Mais les jurés vont avoir le récit en tête et vont le condamner sur des a priori. C'est ouvrir la voie aux abus de toutes sortes et cela peut nous conduire à la condamnation d'innocents, ce qu'une société ne peut se permettre.

- Je suis d'accord. Une société ne peut se permettre de condamner un innocent. Ce serait un crime commis par une administration qui cherche à punir le crime. Mais nous sommes là quand même pour punir le crime. Et votre client avoue être un criminel. Écoutez, je vais consulter des collègues et la jurisprudence et je vous donne une réponse dans une semaine. Ça vous va?

- Merci, juge Falardeau.

Claude sort et Jacques décroche le téléphone. Il compose un numéro.

Robert, l'ancien conjoint de Lucie, répond avec son cellulaire, dans son camion.

- Bonjour!
- Bonjour!
- Ah, Jacques. Tu as reçu mon tableau?
- Oui et je ne comprends pas. Ce n'est pourtant pas ma fête.
- J'avais juste envie de te donner un petit quelque chose pour te remercier d'avoir changé ma vie.
- Tu as aussi changé la mienne. Merci.
- Tu aimes?
- Énormément. Je reste fasciné par ton talent.
- N'en mets pas trop quand même. J'ai fait technique d'architecture pas les beaux-arts.
- Tu es toujours décidé à tout dire à ton fils?
- Oui, mais je dois te laisser. Je suis arrivé au bâtiment où j'ai rendez-vous. À ce soir.
- Bye.

Robert stationne en face de l'immeuble du côté d'un terrain vague. En descendant, il voit deux personnes qui se penchent régulièrement dans le gravier. C'est Jean et Simon. Robert s'approche par curiosité et leur demande ce qu'ils font là.

- Inspecteur Jean Dubois. Nous recherchons quelque chose.
- Plus maintenant, lance Simon. Nous avons notre calcul biliaire! dit-il en prenant ce qui ressemble à un petit caillou. Robert l'examine et jette un coup d'oeil alentour.
- Il y a un autre caillou de ce genre-là, là.

Simon s'y rend et l'examine.

- Oui, c'est bien un autre calcul biliaire. Nous tenons notre homme. Vous avez l'oeil.

- C'est pour ça que je suis inspecteur en bâtiment. Je m'occupe aussi d'incendies criminels et je suis expert consultant dans la recherche des causes d'incendie. Il n'y a pas assez d'incendies criminels pour que je m'en occupe tout le temps alors la Ville m'a affecté ailleurs. Bon, je dois aller voir le propriétaire ici. Bonne journée et à une prochaine fois, peut-être au labo!

Il se dirige vers le bâtiment et entre. Le propriétaire l'attend dans le hall. Il fume un cigare et est accompagné d'un fier à bras.

- M. Dumouchel. Est-ce que je peux vous demander de ne pas fumer S.V.P.?

- Non.

- Très bien. Voici le rapport de salubrité. Il y en a un qui a été envoyé à la Régie des loyers, ce qui permet à vos locataires de s'en aller sans avertissement. Vous allez devoir rénover et rendre les loyers habitables.

- Écoute-moi bien. Tu vas changer ton rapport au plus sacrant si tu veux garder tes jambes.

- Non. Il y a des gens qui ont souffert à cause de vous et rien ne pourra me faire changer d'avis.

M. Dumouchel fait un signe au gorille. Robert lâche son rapport, évite un coup de poing et fait une clef de bras de jiu-jitsu au gorille qui se retrouve immobilisé. Il lui fait ramasser le rapport et le donner à M. Dumouchel. Puis enlève à M. Dumouchel son cigare et l'écrase.

- Un, vous ne fumez pas quand on se rencontre. Deux, vous rénovez. Et trois, utilisez le vous pour me parler. Nous ne sommes pas des intimes.

Il lâche le gorille et sort de l'édifice d'un pas normal. Il monte dans son camion léger et démarre.

Il se dirige vers la maison des naissances qui vient d'ouvrir et qui appartient à Michèle, la fille de François, capitaine de la caserne 27 où travaille Jean-Louis. Après un temps, il arrive à la nouvelle maison des naissances. Il sort le certificat et descend.

Il entre et s'aperçoit qu'un petite réception a lieu à l'intérieur. Il va voir Michèle et lui remet le certificat d'occupation. Elle l'accroche au mur. Nathalie et Nicole arrivent et Michèle les remercie d'être venues. François, le père de Michèle, s'approche du docteur Benoît.

- Ça m'inquiète un peu cette affaire-là.

- Pourquoi?

- Ben, on a toujours mis cela dans les mains des docteurs.

- Ne vous inquiétez pas. Je l'ai formée pour toutes les urgences médicales qui peuvent survenir dans ce processus qui, au fond, est très naturel. Il faudrait se demander si c'est une maladie d'être enceinte.

- Je crois que non.

- Donc, elle est capable de s'en occuper et de me référer les problèmes médicaux et je vous assure que je ne la laisserai jamais tomber. Il ne faut pas oublier aussi qu'il y a bien des docteurs qui ont fait beaucoup d'erreurs dans le passé avec les femmes enceintes. Je ne crois pas qu'elle puisse faire pire. Elle en sait plus que les docteurs d'il y a 50 ans à peine.

On entend une sirène qui se rapproche. Charlène, une infirmière qui travaille à l'urgence avec le docteur Benoît, va voir à la fenêtre.

- J'ai l'impression qu'elle s'en vient ici.

Michèle se rapproche d'elle.

- Nous sommes sur le chemin de l'hôpital. Elle ne vient probablement pas ici. Et il n'y a personne qui a un rendez-vous chez-nous pour le moment. Pour la contredire, l'ambulance s'arrête et Yvan en sort. Lui et Léon ouvrent les portes et sortent une civière où il y a une femme. Ils l'amènent à l'intérieur de la maison des naissances.

- Et voilà votre première cliente, lance Yvan.

Le Dr Benoît s'approche.

- Pas de problème de santé?

- Non, doc. Ils nous ont dirigés ici parce que l'urgence est pleine.

- Bon. Charlène! Line! On devrait retourner à l'hôpital. Nous allons devoir remettre du temps à ceux qui nous ont remplacés.

Charlène et Line acquiescent, vont prendre leur sacoche et suivent le docteur Benoît en saluant tout le monde pendant que Michèle s'occupe de la patiente. Tout énervé, le chum de la patiente tente de retenir le Dr Benoît un moment. Le Dr Benoît le rassure. Le reste du personnel le prend en charge. François avec un sourire, regarde sa fille agir. Sa femme vient se serrer contre lui.

- Elle est maintenant une adulte.
- Oui. Ma petite fille dont je suis si fier.

Soudain l'avertisseur d'Yvan et de François se met à sonner.

«Véhicule d'urgence 27! Ambulance 51! Accident sur la 15 à l'entrée l'Acadie avec blessé coincé dans la voiture, territoire municipal. Une équipe de soutien de la caserne 27 se rend sur les lieux.»

François et Yvan confirment la réception du message et se précipitent chacun dans leur véhicule respectif. Léon prend le temps de remettre la civière dans l'ambulance.

François démarre et allume ses feux d'urgences. En s'éloignant, il lance sa sirène pour s'ouvrir un passage. Il entre en communication avec le véhicule de soutien et apprend que c'est Sylvain et Guylaine qui ont été envoyés. François fonce vers le lieu de l'accident en évitant les embouteillages. Il peste un peu quand un automobiliste ne lui laisse pas le passage et fait la réflexion que ce n'est pas un membre de sa famille qui est accidenté. Il arrive sur le lieu de l'accident et sort son coffre d'outils et une barre de fer. Normand et Pierre sont déjà sur place. Normand reste avec la personne qui est coincée dans une des deux voitures et Pierre va rejoindre François.

- Combien de personnes? demande-t-il.
- Une seule qui est prise. J'ai l'impression que ses jambes sont retenues par quelque chose. Les autres, on a pu les sortir.
- Fuite d'essence?
- Apparemment non.

- Prenez au moins un extincteur pendant que je neutralise la batterie. Il ne manquerait plus qu'une flammèche!

François met les pinces de désincarcération près de la porte et se dirige rapidement vers la voiture. Il ouvre le capot et débranche la batterie. On entend alors un klaxon et une sirène. Sylvain arrive avec le camion de pompier. Guylaine descend et prend les fils de raccordement des pinces et les installe rapidement sur le camion. Sylvain met le camion dans la bonne position et la rejoint. L'ambulance de Léon et Yvan arrive à son tour. Yvan s'approche d'Alexandre qui est apparemment sans connaissance.

- Êtes-vous avec nous?

- Oui. Je suis juste en train de me concentrer pour faire taire la douleur.

- Vous semblez vous y connaître.

- Un peu, je suis en rééducation physique au Centre de réadaptation de Montréal.

- Parfait. Si vous pouvez me donner le maximum de détails, ça va m'aider à vous aider.

- Je crois bien que j'ai une fracture du fémur à plusieurs endroits.

- Ouash! Il va falloir une attelle!

Yvan se tourne vers les pompiers qui approchent.

- En douceur. Au moindre mouvement on coupe son artère fémorale et on n'a pas le temps de se rendre à l'hôpital.

- On comprend, rétorque Sylvain.

Yvan va chercher une attelle pendant que Léon, son coéquipier, apporte la civière. Normand s'éloigne pour aller détourner la circulation et faire son rapport pendant que François, Sylvain et Guylaine dégagent Alexandre. Quand il est dégagé, Yvan et Léon mettent l'appareil pour immobiliser le cou par précaution ainsi que l'attelle à la jambe d'Alexandre. Ils le mettent ensuite sur la civière. Ils chargent Alexandre dans l'ambulance et s'en vont. Normand et Pierre assignent les dépanneuses pour les autos accidentées et l'équipe de pompiers recharge son matériel. Sylvain et Guylaine s'approchent de François.

- Nous avons encore reçu une lettre de l'administration, commence Sylvain.
- Parce que toi et Guylaine restez ensemble je suppose?
- Oui, répond Guylaine.
- Ben, ils vont entendre parler de moi dès qu'on va être de retour! Je commence à avoir mon voyage! Ce que vous faites en dehors du travail ne les regarde pas.

Ils remontent tous les trois dans leur véhicule et retournent à la caserne.

Pendant ce temps, Yvan et Léon arrivent à l'hôpital. Ils descendent Alexandre et l'emmènent à l'urgence où Charlène les reçoit.
- Patient stable, pression normale. Apparemment fracture multiple du fémur. Pour le reste tout baigne.
- Ok! Salle no 3.

Ils mettent Alexandre sur une civière de l'hôpital. Le docteur Benoît entre dans la salle et demande un bilan sommaire qu'Yvan lui répète.
- Nous devrions lui mettre un soluté, non? demande un jeune interne.
- Non. S'il y a une hémorragie, cela va empêcher le sang de coaguler. Du même coup, les capacités de réparation de l'organisme ne fonctionneront pas. On touche à rien pour le moment. Radio!

Il lui fait poser une sonde et réserve une salle d'opération d'urgence. Il fait déterminer son groupe sanguin. Il a confirmation qu'il peut lui donner du O négatif. Line qui a pris des radiographies revient avec et le Dr Benoît les regarde. Après en avoir vu plusieurs, il s'arrête brusquement.
- Vous faites les choses en grand!
- C'est bien une fracture multiple?
- Oui, à trois endroits. On vous monte au bloc. Attention, en douceur.

Charlène se retourne et demande de l'aide pour enlever le

pantalon rapidement mais en douceur. Ils le transportent ensuite vers la chirurgie. Le Dr Benoît, aidé de Charlène et d'autres personnes, fait l'opération. Après un certain temps, ils sortent de la salle et retirent leur survêtement et leur bonnet. Ils se tapent mutuellement dans les mains comme des sportifs qui viennent de marquer un but et sortent de la salle de préparation. Charlène retourne au centre de tri. La réceptionniste lui dit que quelqu'un l'attend et lui montre Nicole assise un peu plus loin. Charlène va la voir en souriant.

- Nicole, comment ça va?

- Assez bien. Je suis avec Nathalie dans une petite salle et je cherche à avoir une priorité.

- À ton air cela semble grave.

- Urgent conviendrait mieux. Nous avons peu de temps et nous devons voir un médecin le plus tôt possible pour pouvoir appeler la police.

- La police? Mais qu'est-ce qui se passe?

- Viens voir.

Elle entraîne Charlène dans la petite salle où se trouve Nathalie avec une jeune fille. Avec douceur, Nathalie parvient à faire enlever son chandail à l'enfant qui a plusieurs bleus. Charlène fait la grimace et soupire en disant « enfant battue ». Nathalie la regarde et lui dit :

- Il y a plus que cela. Elle est enceinte et on ne sait pas de combien de temps.

- Je vois. Je vais essayer d'avoir la doctoresse Roberge ou le docteur Benoît. Je vais te trouver quelqu'un pour faire les prélèvements.

- Je peux les faire, souligne Nicole. Je retournerai au CLSC après.

- Moi, décide Nathalie, je vais rester avec Stéphanie jusqu'à ce que tout soit en ordre.

Charlène sort et Nicole fait les prélèvements. La doctoresse Roberge entre et vient examiner l'adolescente. Elle repart après avoir noté des choses dans un dossier et elle demande à une infirmière d'en faire une copie. Nicole s'en va et après un petit moment Normand et Pierre cognent à la porte. Nathalie les présente à Stéphanie et Pierre lui demande doucement de raconter son histoire.

Claude, l'avocat qui était dans le bureau du juge Falardeau, rencontre un confrère dans le hall du palais de justice. Il se dirige vers la cafétéria avec un autre avocat.

- Bon, on le fait comme ça et on finalise tout cela à mon bureau.

- Pas de problème. Merci.

Dominique, une juge pour enfant entre dans le hall et cherche des yeux une personne. Elle avise Claude et lui fait signe.

- Claude! Venez ici un moment.

Claude s'approche et salue Dominique qui lui rend son salut.

- J'ai un cas à régler tout de suite et un parent n'a pas d'avocat.

- Mais je n'ai même pas ma toge.

- Il ne s'agit pas de plaider. Vous agissez à titre de conseiller.

- C'est bien pour vous faire plaisir.

Ils se dirigent ensuite vers une salle d'audience.

Normand et Pierre font entrer un homme d'un côté pendant que Nathalie et Stéphanie entrent d'un autre côté. Dominique entre et l'huissier annonce la cour et demande à tout le monde de se lever. Quand Dominique est assise, il annonce que tout le monde peut s'asseoir.

- Nous sommes ici pour statuer rapidement sur la garde d'une enfant qui a été abusée, annonce Dominique. Les faits sont prouvés et documentés. Je prononce la déchéance des droits parentaux et demande à la DPJ de trouver un foyer d'accueil à Stéphanie.

- Mais c'est ma fille!

- À la lecture du dossier j'ai vu à quel point vous voulez

posséder votre fille. Faites une croix là-dessus. Je suis juge pour enfants et vous ne faites pas partie de ma juridiction, ce qui est une chance pour vous. Suis-je assez claire, nette et précise? lui dit-elle d'un ton glacé mais doux.

Moment de silence pendant lequel on entend voler une mouche.

- J'attends votre réponse.

Claude pousse l'homme du coude.

- Oui, oui, votre Honneur ...

Dominique se lève et sort. Claude amène l'homme encadré par Normand et Pierre au guichet où il doit prendre ses papiers judiciaires. Juste avant de sortir, l'homme s'arrête.

- J'ai cru qu'elle allait me tuer.

- Non. Je la connais ... Elle vous aurait fait pire. Pendant qu'on y est, j'étais là pour lui rendre service à elle. Je ne pense pas avoir envie de prendre votre dossier. Trouvez-vous un autre avocat.

- Mais ils m'amènent devant un autre juge et je n'ai pourtant rien fait!

- Vous n'avez pas abusé votre fille?

- Je vous jure que non.

Claude réfléchit quelques instants.

- Bon, je vous accompagne. Mais gare à vous si vous me mentez.

Ils se dirigent vers une autre partie du palais de justice. La personne accusée plaide non coupable. Claude obtient une mise en liberté sous caution. Il emmène ensuite l'accusé à son bureau pour lui faire subir un interrogatoire serré. Le prévenu prétend que c'est l'amant de la mère de Stéphanie qui a abusé d'elle et qu'il est en instance de divorce. Claude passe le reste de l'après-midi à mettre des enquêteurs privés sur le cas pour vérifier les déclarations de son client.

Vers la fin de la journée, Jean-Louis, le lieutenant de pompier de la caserne 27, va chercher sa femme dans le stationnement d'une polyclinique.

- Qu'est-ce qu'il t'a dit? Est-ce que j'ai le droit de savoir?
- C'est juste que la famille va s'agrandir.
- Mais on n'a pas de famille!
- Tu veux dire: pas encore ... lui dit-elle en l'embrassant.

La journée de travail est aussi terminée pour Nathalie et Nicole. Elles sont à la cuisine où elles finissent la préparation du repas et passent au salon en emmenant un verre de vin blanc.

- J'étais sérieuse ce matin à l'école, commence Nicole.
- Je n'en doute pas. Mais cela m'achale un peu. Le mariage me semble une chose tellement dans les normes et je ne veux pas vivre dans les normes. Je ne veux pas vivre avec des règles mais avec toi. Et puis qui nous marierait? C'est contraire à toutes les religions.
- Je le sais. Mais est-ce que l'on doit se marier parce qu'on s'aime ou parce qu'il faut respecter des règles sociales ou religieuses? Si ce n'est pas parce que l'on s'aime, alors on nous ment depuis l'enfance.
- Je crois sincèrement qu'on nous ment. Mais qu'est-ce qu'on peut y faire? Je ne fondrai pas une famille parce que c'est toi que j'aime, mais j'en reconnais l'utilité pour une société. Je ne sais pas quoi te dire de plus.
- Et moi, en t'aimant de plus en plus chaque jour, je comprends mieux comment je dois aimer Dieu et j'ai beaucoup de misère à comprendre pourquoi il me punirait de t'aimer.

Elle boit une gorgée de vin pendant que Nicole fait tourner son vin dans le verre.

- Est-ce que tu vas penser à un mariage possible?
- Oui, je vais y penser.

Elles portent un toast en disant «à nous».

La soirée commence chez Jacques et Robert. Jacques apporte un verre d'alcool à Robert.

- Comme ça tu veux absolument expliquer ce que l'on vit à ton fils?

- Oui, absolument, répond Robert. Je veux être sûr que l'opinion des autres ne l'empêchera pas d'aimer quelqu'un. Qu'il comprenne bien que c'est aimer qui est important.

- Veux-tu que j'y sois pour t'aider?

- Non merci. Mais ça me touche que tu me le proposes.

Mise à l'épreuve

Jacques se sert un café et se rappelle un cas donc il s'est occupé des années plus tôt. Il se revoit plus jeune sortant d'une maison et marchant jusqu'au centre-ville. Il a conservé ce rituel au fil des années.

Jacques entre dans le palais de justice en saluant certaines connaissances et se rend à son bureau.
- Bonjour Ghislaine. Ça va bien?
- Oui. Vous semblez en pleine forme aussi.
- Avec une marche matinale, cela aide beaucoup. Qu'est-ce que nous avons au programme aujourd'hui?
- Session normale cet avant-midi et comité de discipline cet après-midi.
- C'est au sujet de la juge qui ne trouvait pas trop graves les abus d'un père parce qu'il préservait la virginité de sa fille?
- Oui.
- Confirmez ma présence. J'ai deux mots à lui dire. C'est tous les juges qu'elle a ridiculisés.
- D'accord. Il y a aussi la prison qui a appelé une dixième fois concernant un certain Samuel.
- Ils insistent vraiment beaucoup.
- Oui. J'ai pris le numéro de dossier.
- Sortez-moi son dossier. Je vais le lire avant la session.
Il entre ensuite dans son bureau. Jacques s'assoit et commence à trier et à lire ses dossiers. Ghislaine lui apporte le dossier demandé, qu'il s'empresse de parcourir attentivement. Il appelle

ensuite la prison.

- Centre de détention Les plaines.

- Pourriez-vous me passer M. Lachance de la part du juge Falardeau?

- Un moment. Après un certain temps quelqu'un d'autre répond.

- Pierre Lachance.

- Je vous appelle au sujet de Samuel. Vous m'avez appelé une bonne dizaine de fois le concernant.

- Oui, votre Honneur. Il veut absolument vous voir. Il veut une libération exceptionnelle et dit que ce serait une injustice de la lui refuser.

- Selon son dossier, il vient à peine d'être condamné à dix ans fermes. Je ne suis pas sûr que je puisse faire quoi que ce soit. Vous êtes en poste depuis combien de temps M. Lachance?

- Une bonne dizaine d'années votre Honneur et, si le cas ne me semblait pas spécial, je ne vous aurais pas appelé aussi souvent.

- Dites-m'en plus s'il vous plaît.

- Eh bien, en plus de demander à vous voir, Samuel se conduit différemment des autres détenus. Il participe à tous les programmes de réhabilitation et y fait des progrès étonnants. Ensuite, il ne dort presque plus parce qu'il fait tous les travaux qui rapportent un salaire, même ceux de nuit. Avec l'argent, il n'achète rien pour lui même. Il envoie tout à son fils.

- Son fils! Il fouille un peu dans le dossier et en tire une feuille de papier légal. Oui. Je vois un jugement ici rendu par ma collègue Dominique. Elle l'a placé dans une famille d'accueil.

- Exact et, depuis ce temps, Samuel demande à vous voir. Moi-même, je l'ai rencontré et je suis du même avis que les gardiens : il a de bons arguments et il est sincère dans sa démarche.

Jacques réfléchit quelques secondes. Puis il consulte son agenda.

- D'accord. Je peux le voir aujourd'hui 4 heures à mon bureau.

- Je vous l'envoie à votre bureau, monsieur le juge.

Ils raccrochent. Jacques commence à ramasser ses dossiers quand il a une exclamation et décroche le téléphone. Il compose un numéro. Une femme répond.

\- Dominique? Bonjour. Je m'excuse de te déranger, je voudrais savoir si tu peux te libérer à 4 heures.

\- Je n'ai rien de prévu. Tu veux qu'on aille prendre un café?

\- Je pourrais t'en offrir un dans mon bureau. J'ai un petit cas épineux que je voudrais te soumettre. J'aimerais que tu l'entendes en même temps que

moi et tu te ferais une idée à ce moment-là.

\- D'accord, j'y serai.

\- Merci.

Jacques raccroche et passe sa toge. Il prend ensuite les dossiers et sort de son

bureau. Il se dirige ensuite vers la salle du tribunal sans être intercepté par des avocats. Jacques entre dans la salle du tribunal. Il est annoncé par le greffier. Il dépose ses dossiers à sa droite sur son bureau.

\- Affaire 10640.

Deux avocats se lèvent et se mettent de chaque côté de la table. Un des deux est avec son client.

\- Votre Honneur, commence le procureur de la couronne, il s'agit d'une dispute conjugale. Le prévenu a frappé sa conjointe.

\- D'accord, enregistre Jacques. L'avocat de la défense ...

\- Votre Honneur, répond l'avocat de la défense. C'est la première fois qu'il fait une chose semblable. Il a déjà quitté le domicile conjugal de lui-même et a décidé de ne pas reprendre la vie commune. Il reconnaît donc son erreur et il plaide coupable.

\- D'accord. Les représentations sur sentence.

\- Nous voulons une sentence exemplaire. Un cinq ans serait approprié, énonce le procureur.

\- Votre Honneur, cela me semble excessif. Je répète que c'est la première fois et que ça ne se reproduira plus.

Jacques se dit qu'il est peut-être allé un peu vite dans l'affaire. Il ne sera jamais d'accord pour que quelqu'un agresse une autre personne et le prévenu a plaidé coupable. Est-ce un accident ou un comportement que le prévenu trouve normal? La seule manière de le savoir est de questionner le prévenu.

- Qu'est-ce qui s'est passé?

- Votre Honneur, elle m'a sauté dessus. Mais je l'ai maîtrisée assez rapidement, elle ne faisait pas le poids. J'ai voulu frapper juste pour me dégager. Après je suis parti.

Le ton de la voix et l'attitude du prévenu incitent Jacques à lui faire confiance. Pourtant il ne doit pas sortir impuni.

- Bon, alors 500 $ d'amende et un an de probation. Vous devez garder la paix pendant un an et si une autre offense est enregistrée durant cette année-là, vous aurez un dossier judiciaire. Affaire suivante. Dossier 54720.

- Merci, votre Honneur.

Les deux avocats et le prévenu s'éloignent de la table et deux autres avocats ainsi qu'un autre prévenu s'approchent.

- Violence conjugale, annonce le greffier.

- Une deuxième. Bon! soupire Jacques en regardant le prévenu. Dites donc, c'est la deuxième fois que je vous vois ici cette semaine.

- Oui, votre Honneur, dit-il en affichant un air piteux.

- Qu'est-ce que je vous avais dit la dernière fois?

- Votre Honneur, nous sommes au courant de ça, mais nous faisons appel à votre clémence compte tenu des circonstances.

- Quelles sont-elles ces circonstances?

- Il revenait d'un party en taxi et ...

- Non, non, non. C'était la même chose la dernière fois. Coupable. Représentation sur sentence.

- Cinq ans, annonce la couronne.

- Mon client serait prêt à suivre un traitement.

- Dans un cas comme celui-là, l'emprisonnement ne me semble

pas la meilleure solution. Il ne peut qu'amplifier le problème. Deux ans en cure fermée, pas de contact avec la victime.
- Deux ans! Elle va divorcer!
- Vous aviez été prévenu. Affaire suivante. Dossier 88992.

La matinée se déroule assez bien. Aucun dossier n'est retardé et aucun avocat ne fait de demande de report, ce qui permet à Jacques de régler un maximum de dossiers. Certains attendaient depuis deux ans parce qu'il n'y avait pas de risque pour la vie d'une personne. Vers l'heure du dîner, Jacques fait signe au greffier qui annonce la fin de la session et qui fixe une date pour la reprise des audiences. Jacques sort de la salle et retourne à son bureau pour ranger sa toge avant de se rendre à la cafétéria du palais de justice. Il remplit son plateau et s'installe à une table vide où il mange en lisant le journal.

Jacques retourne à son bureau où il y a des policiers en civil qui attendent. Ghislaine a préparé des dossiers. Jacques les salue et prend les dossiers. Il passe dans la pièce où il a son bureau de travail. Il appuie sur l'intercom et appelle le premier inspecteur. L'inspecteur entre et s'assoit en face de Jacques.
- Vous demandez un mandat de perquisition concernant une possibilité d'activité de recel.
- Oui.
- Qu'est-ce qui vous permet de croire qu'il y a une activité de recel?
- J'ai rien de bien précis. C'est juste une intuition qui me dit qu'il y a des objets volés à cette place-là.
- Vous n'avez rien de plus précis? Pas le moindre indice?
- Non.
- Ce commerçant-là a des droits. Je suis là aussi pour les défendre. Si vous n'avez aucun indice, que vous n'avez qu'une vague intuition, je violerais ses droits en vous donnant un mandat. Je ne le ferai pas.

- Écoutez. J'ai des années d'expérience là-dedans. Je suis sûr de mon coup.

- Je ne veux pas mettre en doute vos capacités. Sauf qu'avec ce que vous m'apportez, je ne peux rien faire. Je me dois de respecter la loi. Quand vous aurez quelque chose de plus solide, revenez me voir.

- D'accord, je comprends.

Jacques met de côté le dossier. L'inspecteur sort. Jacques appelle le deuxième inspecteur. Ce dernier entre à sont tour dans le bureau de Jacques et s'assoit.

- Vous demandez une commission rogatoire concernant des prélèvements chez M. Simard. Pourquoi?

- C'est pour comparer avec des morceaux d'ongles trouvés dans la chaussure d'un cadavre.

- O.K.

Jacques signe le papier et le remet à l'inspecteur. L'inspecteur remercie et s'en va. Jacques en appelle un autre qui prend place à son tour à son bureau. Il demande les raisons de sa visite comme il l'a fait aux deux précédents et comme il le fera pour les autres qui attendent. Quand tous les demandeurs ont été reçus et que Jacques a donné droit à leurs requêtes ou non, il sort de son bureau. Il prend un dossier sur le bureau de Ghislaine.

- Bon, je m'en vais au comité de discipline. Je compte revenir vers 4 heures. Dominique doit passer à cette heure-là. Et aussi un détenu à la même heure.

- D'accord. Bonne séance.

Jacques sort de son bureau et se rend dans une aile du palais de justice. Il entre dans une salle où il retrouve trois autres personnes. Deux collègues assis d'un côté et une dame assise seule de l'autre. Il salue et prend place à côté d'eux.

- Vous savez pourquoi on est ici? demande-t-il en s'adressant à la dame.

- Oui, mais vous n'avez aucun pouvoir pour me sanctionner.

- Nous le savons. Vous êtes nommée à vie par le ministre, mais le ministre peut choisir de vous mettre à la retraite prématurément. Ce que nous pouvons faire, nous, c'est inscrire des blâmes à votre dossier. Et plus il y a de blâmes, plus la retraite peut s'approcher. Votre jugement dans l'affaire TALEB a fait le tour du monde. Jacques sort des journaux de différents pays.

- Il va nous être très difficile, à la suite de ce jugement, d'imposer la peine prévue parce que vous avez réduit la peine sur des arguments absolument hors contexte. C'est pourquoi nous vous remettons ce blâme écrit qui sera envoyé au ministre et porté à votre dossier.

Un des collègues de Jacques intervient :

- Nous vous suggérons fortement de prendre un temps de vacances pour réfléchir à cette décision.

- Je ne suis pas d'accord avec ce blâme, mais je n'ai pas le choix. Pour ce qui est des vacances, je n'en vois pas la raison.

- À ce moment-là, tout est dit, vous pouvez vous retirer.

La dame sort. Les autres continuent à échanger quelques propos avant de sortir à leur tour.

Jacques retourne à son bureau. Ghislaine est à son poste. À côté, attendent un gardien de prison ainsi qu'un détenu menotté. Dominique, la dame qui avait rendez-vous, est également arrivée. Jacques les salue. Ghislaine lui remet ses messages et il invite tout le monde à passer à son bureau. Dominique s'assoit à côté de Jacques derrière son bureau, mais un peu en retrait. Le détenu s'assoit en face de Jacques et le gardien sur une chaise près de la porte d'entrée.

- Le directeur de la prison m'a fait part de votre désir d'être libéré afin de vous occuper de votre fils. Habituellement, je ne reçois personne pour des demandes semblables. Le directeur m'a impressionné en me décrivant votre insistance. C'est donc exceptionnellement que je vous reçois. J'aimerais entendre vos raisons.

- Merci, votre Honneur. Je pense que s'il y a une justice dans cette société, vous devez me libérer pour que je puisse m'occuper de mon fils, répond-il en sortant un papier de sa poche. J'ai ici la lettre de l'assistante sociale qui dit que ma femme a abandonné mon fils. Il va se retrouver dans une famille d'accueil. Si vous laissez cela se passer, vous commettrez une injustice.

- C'est une pratique courante. Il n'y a rien d'anormal là-dedans. Il y a de bonnes familles d'accueil. Où serait l'injustice?

- L'injustice, monsieur le juge, serait que cet enfant-là n'a encore rien fait et que vous le condamnez. Je sais ce que ça fait de ne pas avoir de mère ni de père. Je sais ce que ça fait de grandir dans une famille d'accueil. Peut-être que de votre point de vue c'est bien ce qui arrive à mon fils, mais moi je sais comment il va finir. Comme ça, dit-il en montrant les menottes. Je ne veux pas que ça arrive.

- Écoutez. Vous venez d'être condamné à 10 ans pour vol. Vous pourriez bénéficier d'une libération conditionnelle dans un an seulement. On vous a mis à part de la société parce que vous êtes nuisible pour cette société. Est-ce que vous comprenez ça?

- Je le comprends. Mais si on me laisse m'occuper de mon fils, je ne serai plus un danger. Il a besoin de quelqu'un pour l'aimer. Il a besoin de quelqu'un pour le gronder. Il a besoin de quelqu'un pour lui montrer comment ne pas se mettre dans les ennuis. Il a besoin de quelqu'un pour lui pardonner ses bêtises. Il a besoin de quelqu'un qui puisse être fier de lui. Si je suis en prison, comment est-ce que je vais pouvoir faire tout ça?

- Mais la famille d'accueil va le faire. Elle est capable de le faire.

- Peut-être mais, à ce moment-là, il grandirait toujours avec la question : Est-ce que mes parents seraient fiers de moi aussi, eux, qui m'ont abandonné? C'est là que tout va se jouer. En plus, si vous me gardez en prison, ce n'est plus de la justice, c'est la vengeance de quelqu'un qui avait de l'argent et qui a eu peur de le perdre. Parce que, même si j'ai été pris pour plusieurs vols, je n'en ai pas réussi un seul.

Jacques réfléchit un petit moment.

- Attendez-moi quelques instants de l'autre côté. Le gardien lui ouvre la porte et l'accompagne au secrétariat. Dominique va s'asseoir en face de Jacques.

- J'aimerais ça en voir de temps en temps des personnes comme ça au tribunal de la jeunesse, dit-elle en regardant la porte.

- Qu'est-ce que tu en penses?

- Bien, il faut se demander à quoi sert un système de justice. C'est un peu les questions fondamentales que l'on nous posait dans nos cours. Est-ce que la justice est un outil pour punir les gens ou un outil pour écarter les gens qui ne peuvent vivre en société afin de les rééduquer?

- Je dirais les deux. C'est sûr qu'il faut protéger la population en mettant hors circuit ceux qui peuvent nuire, ceux qui sont dangereux, mais il y a aussi une autre facette. Il faut que les gens sachent qu'ils doivent respecter la loi, qu'ils ne peuvent faire tout ce qu'ils veulent, faire la pluie et le beau temps sans qu'il y ait de conséquences à leurs actes. La justice se veut protectrice du citoyen mais également dissuasive en ce qui concerne les délits et les crimes.

- D'accord. Mais lui, il a mesuré toutes les conséquences de son acte et il veut réparer. Il est profondément affecté par ce qui arrive à son fils. Sa motivation à bien faire est fortement associée à cela. S'il est empêché de se réhabiliter par la permission qu'il demande, il peut devenir aigri et en vouloir à la justice et à la société. Donc, en sortant à la fin de sa peine, il pourrait être encore plus nuisible et peut-être même dangereux. Surtout avec l'influence des autres car tu sais comme moi que la prison n'est pas nécessairement un lieu de réhabilitation malgré tous les efforts investis en ce sens.

- Oui, mais ici il y a une question d'éthique. Cela pourrait envoyer le message aux autres qu'il n'y a qu'à toucher le juge avec une bonne histoire pour être libéré. En plus, il n'est même pas rendu au niveau de la libération conditionnelle. Si je le libère maintenant et qu'il commet un autre vol, c'est ma responsabilité qui est engagée, c'est moi qui vais être blâmé.

- Écoute. Compte tenu que c'est une situation exceptionnelle, je ne vois pas en quoi l'éthique est en jeu. Il ne s'agit pas d'en faire une habitude. De toute façon, on n'est pas obligés de l'annoncer sur la place publique. Si jamais tu es questionné là-dessus, il n'y a qu'à expliquer les raisons particulières ayant motivé ta décision. Dans le fond, c'est un exemple de plus montrant que la justice ne va pas nécessairement à l'encontre de la réhabilitation.

- Bon d'accord, cela peut peut-être se faire, mais il faudra y mettre des conditions. Je trouve important qu'il soit sous surveillance. J'imagine même que celle-ci sera plus serrée les premiers temps. Et deuxièmement, s'il ne respecte pas ses engagements, ce sera un retour en prison avec peine additionnelle, sans clémence, sans possibilité de sortir avant un bon moment.

- Oui, je suis d'accord avec toi là-dessus.

Jacques téléphone au poste de police. Il demande qu'on lui envoie un policier. Il appelle sa secrétaire. Il lui demande de préparer une lettre après lui avoir dicté les conditions qu'elle doit y mettre, puis il demande à ce qu'elle fasse entrer le détenu. Le détenu et le gardien entrent et s'assoient à la même place que précédemment.

- Bon, exceptionnellement, je vais accepter votre demande. Mais j'y mets les conditions suivantes : premièrement, vous allez être surveillé; deuxièmement, au moindre délit, vous retournerez en prison avec une peine additionnelle. Donc, pour l'instant, la peine présente n'est pas abolie, mais seulement suspendue. Elle deviendra plus longue à la suite d'une nouvelle offense.

L'intercom sonne. Ghislaine lui annonce que le policier est arrivé. Jacques demande de le faire entrer. Normand entre.

- Bonjour, dit Jacques en saluant Normand. Ce policier va être chargé de vous surveiller. Il va aller vous voir de temps à autre et va me faire un rapport. On va vous enlever vos menottes.

Ghislaine entre et tend un papier à Jacques.

- Voici la lettre expliquant ma décision et les conditions que je viens de vous exposer. C'est un véritable engagement de votre part. En comprenez-vous bien les enjeux?

- Oui, monsieur le juge, et je vous en remercie. Je suis vraiment décidé à bien faire. Vous ne regretterez pas votre décision.

- Je l'espère. Vous devez signer ici.

Samuel et Jacques signent le papier. Dominique se lève et se dirige vers la sortie et s'adresse à Samuel.

- Venez avec moi, je vais vous donner un papier vous procurant un droit de visite à votre fils. Quand vous aurez trouvé un domicile et un travail et que ça ira bien pour vous, vous pourrez alors prendre votre fils avec vous.

- D'accord.

Samuel se lève et suit Dominique. Normand les accompagne.

Un peu plus tard, Samuel et Normand se rendent à l'adresse de la famille d'accueil où a été placé le fils de Samuel. Ils arrêtent la voiture et descendent. Ils vont sonner à la porte. La dame de la résidence répond.

- Bonjour madame, commence Normand. On vous a confié la garde de Guy Tremblay. Voici M. Tremblay, son père. Il a obtenu un droit de visite.

Samuel remet la lettre à la dame. Victoria Larrivée lit la lettre et s'adresse à Samuel d'un ton réticent.

- Voulez-vous le voir maintenant?

- Ce ne serait pas très indiqué, intervient Normand. Il vaut mieux attendre de le rencontrer avec l'assistante sociale.

- O.K., admet Samuel. Mais en attendant, parlez-lui de moi. Dites-lui que s'il fait bien, je vais le féliciter et que s'il fait mal, je vais le chicaner. Surtout dites-lui que je l'aime et que je ferai tout pour qu'on soit ensemble de nouveau.

- Je le lui dirai. Au revoir!

Normand et Samuel s'éloignent. Normand fait monter Samuel et il démarre ensuite. Ils se rendent à un refuge pour itinérant. Normand arrête la voiture et fait descendre Samuel.

- Voilà. Tu vas pouvoir passer la nuit ici et c'est une place pour débuter ta nouvelle vie.

- Dès demain, je me cherche un emploi.

- Ça ne va pas être facile. Être à ta place, je commencerais par demander l'aide sociale et ensuite j'essaierais de voir un travailleur social. En plus, ça ferait un lien entre nous. Je suis chargé de te surveiller pour le juge, mais je ne peux pas toujours être là. Le travailleur social va pouvoir te suivre de plus près et je lui demanderai des nouvelles.

- On fait comme ça alors. Bonne nuit!

Ils se quittent.

Le lendemain matin, Samuel sort de l'édifice et se dirige vers une rue commerçante. Les magasins ne sont pas encore ouverts. Il s'assoit sur un banc et observe. Puis il se décide et entre dans un restaurant. Samuel demande le patron. Le patron arrive.

- Qu'est-ce que je peux faire pour vous?

- Je voudrais travailler pour vous. Faire le ménage, passer des circulaires ou faire la bouffe.

- Désolé, j'ai déjà quelqu'un pour la bouffe et le ménage. Les circulaires, je viens de payer quelqu'un pour les distribuer. D'ailleurs, je donne ça à contrat parce qu'autrement, je n'arriverais pas à suivre les lois du travail.

- D'accord. Est-ce que je peux avoir un sac vert s'il vous plaît?

- Je devrais être capable de te donner ça.

Le patron lui donne un sac. Samuel sort. Il remonte la rue en vérifiant dans les poubelles s'il y a des bouteilles ou des cannettes consignées qu'il met alors dans le sac. Quand il rencontre une épicerie, il revend les bouteilles et empoche l'argent. Il continue à offrir ses services dans les restaurants. Sur l'heure du dîner, il achète un sandwich et continue ses recherches en revenant vers la maison pour itinérant.

La deuxième journée se passe comme la première. Samuel sort d'un supermarché où il vient de vendre des bouteilles. Normand l'attend.

- Salut! Le travailleur social vient te rencontrer dans quelques minutes. Veux-tu que je te ramène?

- Non, merci. Je n'ai rien contre vous, mais je ne voudrais pas que mes futurs patrons me voient avec un policier en uniforme.

- Je comprends ça, dit-il en souriant. Je vais m'arranger pour être plus discret quand on va se voir. Vas-y, sinon tu vas manquer le travailleur social.

- Faudrait pas. C'est long avant d'avoir un rendez-vous.

Samuel s'éloigne d'un pas vif après avoir fait un signe à Normand. Il rejoint le Centre et se rend au bureau du directeur. Samuel entre dans le bureau où le directeur du centre est avec le travailleur social. Le travailleur social remet un chèque à Samuel.

- Oups! Je n'avais pas pensé à cela. Je n'ai pas de compte de banque.

- Il va falloir en ouvrir un.

- Ce n'est pas si facile, intervient le directeur du centre. Je peux vous changer votre chèque si vous me l'endosser. Nous le faisons souvent ici et nous pouvons vous rendre ce service à tous les mois.

- D'accord.

L'échange se fait et Samuel prend l'argent. Il retourne ensuite faire le tour des entreprises qui pourraient lui donner du travail.

Il rentre le soir bredouille et va vers la salle de bain. Samuel entre dans la salle de bain, ferme la porte sans la verrouiller et enlève son linge. Il entre ensuite sous la douche. Pendant qu'il est sous la douche, un autre itinérant entre et fouille les poches de Samuel en même temps que d'autres endroits de la salle de bain sans faire de bruit. Quelques minutes plus tard, Samuel sort de la douche et remet ses vêtements. Il constate alors que son argent est disparu. Samuel se précipite au dortoir. Il se met à crier qu'on l'a volé et commence à poser des questions et à bousculer les autres. Le surveillant vient le voir.

- Qu'est-ce qui se passe encore?
- Je viens de me faire voler mon argent pour le mois!
- Ça arrive. Tu le cacheras mieux la prochaine fois.

Samuel empoigne le surveillant.

- Je veux le retrouver. J'en ai besoin pour mon fils.
- Lâche-moi. Je ne ferai pas d'enquête là-dessus. Ce n'est pas ma job. Et tu ne peux pas me forcer.

Samuel lâche le surveillant. Celui-ci quitte le dortoir pour le bureau. Samuel recommence à crier ses questions. Personne ne répond.

Le surveillant revient un peu plus tard avec Normand. Ce dernier s'approche de Samuel.

- Il paraît que tu fais du grabuge?
- Pas du tout. Je viens de me faire voler mon argent du mois.

Normand regarde fixement le surveillant qui sort du dortoir. Normand a vraiment l'impression de s'être fait manipuler.

- Bon, quand est-ce que c'est arrivé?
- Pendant que je prenais ma douche.
- Bon. On est dans la troisième semaine du mois. Les personnes qui sont ici ne devraient plus avoir d'argent. Puis en s'adressant aux autres, il ajoute : «Tout le monde à côté de son lit et videz vos poches».

Les gens s'exécutent. Normand fait le tour et pose quelques questions. Il ne retrouve pas l'argent de Samuel.

- Il manque quelqu'un?
- Y'a ben Pierrot le fou qui vient de partir. Il prend de l'alcool avec ses pilules. Il doit tripper vrai.
- Ok. Viens avec nous. Nous, on ne le connaît pas. Tu vas nous le montrer. Normand sort en entraînant Samuel et l'autre itinérant qui s'appelle Gaston.

Normand, Gaston et Samuel se dirigent vers un dépanneur. Gaston montre quelqu'un qui est en train de boire sur un banc. Normand s'approche.

- Salut!

- Vous ne me voyez pas.
- Qui êtes vous?
- Personne! Je ne suis personne surtout quand je bois et je veux toujours boire.

Il prend une longue gorgée. Normand regarde Samuel d'un air désolé.

- On n'est pas sortis du bois.
- Arrêtez-le!
- Je ne peux pas. Je pense qu'il a pris ton argent, mais qu'il ne s'en est même pas rendu compte. Ça ne tiendrait même pas deux minutes devant un juge. Il l'enverrait en traitement et les thérapeutes lui donneraient une prescription, le mettraient dehors et il referait la même chose.
- Mais c'est complètement con!
- Non, c'est de la désinstitutionalisation.
- Je ne répèterai pas. Je ne veux pas me faire des noeuds dans la langue.
- Bon! Ben, il ne reste plus qu'à le fouiller.

Normand le fouille et reprend l'argent de Samuel. Du moins, ce qu'il en reste.

- Une chance qu'il en reste pas mal. Bon, moi, j'ai quelques mots à dire au commis du dépanneur.

Normand et Samuel se saluent. Normand entre dans le dépanneur et Samuel retourne au refuge. Il vient pour entrer. Le surveillant lui dit qu'il n'y a plus de place. D'aller voir ailleurs. Le surveillant referme la porte à clef. Samuel proteste, cogne à la porte. De guerre lasse, il s'en va.

Samuel s'installe un abri avec des boîtes de carton sous un pont. Il y dort et, dès le lendemain matin, il entreprend de se trouver un autre refuge. Quand il en a trouvé un, il refait le tour des endroits où il a demandé des emplois et donne le nouveau numéro de téléphone pour laisser des messages. Il reprend ensuite ses démarches les jours suivants. Un matin, il arrive près d'une tour à bureau. Il voit une équipe de laveurs de vitres et il s'approche.

- Est-ce que le patron est là?

- Pense-y pas. Il nous fait monter, mais lui il n'est pas là la plupart du temps. Aujourd'hui, il avait un contrat à renouveler et il est au bureau de l'immeuble.

- Ok, j'y vais.

Samuel entre et demande à voir le patron de l'équipe de lavage de vitres. Le gardien de sécurité prévient le patron qui discute avec le gérant de l'immeuble dans une autre pièce. Il sort.

- Vous voulez me voir?

- Oui. Je me cherche un emploi et je me demandais si vous aviez une place.

- J'en prends toujours parce qu'il y en a toujours un de malade ou qui s'absente.

- Fantastique! Quand est-ce que je commence?

- Tu peux commencer maintenant. Vas rejoindre les gars dehors. On fera les papiers plus tard.

- Merci!

Il sort en courant. Samuel grimpe sur la plateforme et on la voit s'élever. Plus elle s'élève et plus Samuel a la gorge serrée. Il n'était jamais monté aussi haut et il s'aperçoit qu'il est pris de vertiges. Il se sent paralysé. Les autres le chahutent un peu et font bouger la plateforme. Samuel se met à vomir ce qui gâche le travail que l'équipe a déjà fait. Le chef d'équipe fait redescendre la plateforme rapidement. Il fait descendre Samuel.

- Faut pas avoir le vertige pour ce métier-là.

- Je ne savais pas que je l'avais.

L'automne approche et Samuel n'a toujours pas trouvé de travail. Il approche d'un restaurant Macdonald et y entre. C'est une période calme.

- Est-ce que je peux voir le gérant?

- Je vais aller le chercher.

Le gérant arrive peu après.

- Qu'est-ce que je peux faire pour vous?

- Je cherche du travail depuis quelques mois. Je serais prêt à faire le ménage ici.

- Habituellement, on prend des personnes plus jeunes parce que tout ce qu'on peut offrir c'est du temps partiel.

- Si vous voulez de moi, je le prends.

Le gérant fait la grimace et regarde à ses pieds. Il redresse la tête et a l'expression de quelqu'un qui va dire non. Il regarde Samuel dans les yeux. Il a un moment d'hésitation.

- Ah, et puis pourquoi pas! Il y en a un qui vient de partir. Peux-tu commencer demain?

- Absolument!

Le lendemain matin, Samuel sort du nouveau refuge où il a pu prendre une douche et va travailler au Macdonald. Il fait ce travail pendant quelques semaines. Samuel vide les poubelles et passe la moppe en indiquant que le plancher est mouillé quand Normand entre dans le Macdonald.

- Salut!

- Vous avez su que je travaillais ici?

- Oui. Je garde un oeil sur toi de temps en temps, dit-il en souriant. J'avais juste un goût de Macdo. Fait comme si de rien n'était.

Normand se rend au comptoir où il passe une commande.

Samuel sonne chez Paul et Victoria Larrivée. Il salue son fils ainsi que Paul et Victoria. Samuel et son fils quittent la maison. Samuel achète tout ce que son fils lui demande jusqu'au moment où il n'a plus d'argent. Il lui passe tous ses caprices. Il ramène ensuite son fils chez Paul et Victoria. Il sonne à la porte. Paul répond et le fils de Samuel entre en courant. Samuel donne les sacs à Paul et Victoria qui se regardent d'un drôle d'air. Ils n'ont pas du tout l'air d'apprécier ce que Samuel vient de faire. Paul à un petit haussement d'épaule voulant dire que ce n'est pas si grave. Samuel s'éloigne. Il regarde ce qu'il a en poche. Presque rien. Retour dans la rue. Le centre est plein. C'est frisquet, mais l'important c'est que mon fils a tout ce qu'il a besoin, se dit-il.

Samuel se dirige alors vers un pont et il installe des cartons pour se faire un genre d'abri. Il entend des pas qui approchent. Il lui vient à l'esprit les attaques que certains adolescents font sur des sans-abri. Samuel méfiant se saisit d'un morceau de bois.

- Veux-tu bien me dire ce que tu fais là? demande Normand.
- Ah, c'est vous! Vous m'avez fait une peur bleue.
- On peux-tu se dire tu?
- Oui, pas de problème.
- Ok. Est-ce que je répète ma question?
- Non. Je n'ai pas d'autres places où aller.
- Tu travailles, tu reçois des paies. Pourquoi tu ne te payes pas une chambre? Ils annoncent moins dix cette nuit!
- Un, je n'ai toujours pas de compte de banque. Deux, je ne peux pas obtenir de loyer parce que je n'ai pas de compte de banque et pas de référence. Trois, l'argent que je ne dépense pas sur le loyer est disponible pour mon fils.

Normand regarde Samuel dans les yeux un moment. Puis il hoche la tête comme s'il venait de prendre une décision.

- Viens-t'en.

Normand aide Samuel à se relever et l'emmène avec lui. Il va à sa maison et entre en poussant Samuel devant lui. Deux enfants viennent voir et une femme les rejoint.

- Je t'amène quelqu'un. Il voulait passer la nuit dehors pour que son fils ait assez d'argent. Je vais l'installer dans le sous-sol sur un lit de camp. C'est temporaire.
- Je vais aller chercher des draps. Voulez-vous une soupe?
- Non merci, madame. Merci de m'accueillir comme ça sans me connaître.
- J'ai confiance en Normand. Il ne vous aurait pas emmené ici s'il n'était pas sûr de vous.

Samuel passe donc la nuit au chaud. Le lendemain il se lève

tôt pour aller travailler. Normand l'invite à prendre le déjeuner avec sa famille. Ensuite, Normand et Samuel vont travailler chacun de leur côté.

Normand sait que Paul Larrivée travaille à la caserne 27 et il s'y rend en voiture de patrouille. François, le capitaine, le reçoit.

- Est-ce que je peux parler à Paul Larrivée?

- Oui. Est-ce qu'il y a quelque chose que je devrais savoir?

- Ce n'est pas pour une raison professionnelle.

François appelle Paul et met une pièce à la disposition de Normand et Paul. Normand raconte à Paul ce qui s'est passé la veille.

- Je n'aime pas ça, réagit Paul. Il faut qu'on lui parle ma femme et moi. Il veut trop bien faire avec son fils et il va manquer son coup. Déjà, hier à la maison, cela a tourné au jeu de : «mon père est meilleur que le tien». Ce n'est pas bon pour l'équilibre de notre famille d'accueil, ni pour le but qu'il veut atteindre.

- Je vois un peu ce que cela peut être. Je veux déjà lui faire rencontrer quelqu'un ce soir. Ce serait bien que vous veniez également lui parler. Je vous laisse mon adresse personnelle sur ma carte.

- On y sera ma femme et moi.

- À ce soir donc.

Normand quitte alors la caserne.

La journée s'est passée normalement pour Samuel et il retourne à la maison de Normand. Il est au sous-sol lorsque Normand, accompagné de Victoria et Paul, descend.

- Salut!

- Bonsoir!

- Tu connais Paul et Victoria?

Oui, dit-il en les saluant. Est-ce qu'il y a un problème avec mon fils?

- On pourrait dire ça, répond Victoria.

Tout le monde s'assoit.

- Ce que nous avons à vous dire n'est pas facile, commence Paul. Vous dépensez trop pour votre fils.

- Qu'est-ce que vous voulez dire? Je lui donne ce qu'il a besoin.

- Non, intervient Victoria. Vous lui donnez ce qu'il veut. Nous sommes une famille d'accueil. Nous recevons un montant pour les enfants que nous hébergeons. Ce montant couvre les dépenses de base d'un enfant. Ce que vous lui apportez pour le moment, c'est du surplus.

- Et ce surplus ce sont des choses que nos deux enfants n'ont pas toujours. Sans être pauvres, nous ne sommes pas très riches non plus. Quand leurs affaires sont encore bonnes, on leur demande de les garder. Vous êtes en train de faire tout le contraire avec votre fils.

- Je suis un mauvais père?

- Non. C'est juste que vous vous y prenez de la mauvaise manière d'après nous. Vous vous souvenez de ce que vous m'avez dit la première fois qu'on s'est vu?

- Oui.

- Et bien c'est ça, reprend Paul. Votre argent doit être utilisé pour lui procurer une présence plutôt que des bouts de tissu ou des cadeaux. Pour en avoir discuté avec Normand, je sais qu'il peut être fier d'avoir un père comme vous. Si vous ne vous donnez jamais la chance de lui montrer à quel point il peut être fier de vous, vous allez simplement étouffer ses attentes avec des cadeaux. Vous comprenez?

- Je pense que oui.

La femme de Normand descend accompagnée de Claude. Claude se présente pendant que Paul et Victoria se retirent.

- Normand me disait que vous aviez un problème pour ouvrir un compte de banque?

- Oui.

- J'ai du temps cette semaine pour y aller avec vous. Ils vont vous l'ouvrir. Ils n'ont pas le choix, c'est dans la charte des droits et il y a des jugements rendus sur le sujet.

- Fantastique! Et pour le logement?

- Ça, c'est un peu plus difficile. Ils ont un certain droit de discrimination. Il n'est pas absolu, mais quand même. Vous avez un endroit en particulier que vous aimeriez?

- Oui, en sortant un papier. Ici. C'est près de mon travail.

- D'accord, je vais aller leur parler. Quelquefois, d'avoir un avocat qui se mêle du dossier peut inquiéter et les rendre plus souples. Je ne vous garantis rien. Autre chose?

- Si j'osais ...

- Osez. Osez.

- C'est que, j'ai essayé d'entrer comme vidangeur. Apparemment, le syndicat ne veut pas. La décision est toujours bloquée par un certain M. Brisebois.

- Ça, c'est beaucoup plus difficile. Je vais quand même essayer quelque chose.

- Quoi?

- Je ne sais pas encore. Un employeur peut être encore plus discriminant. C'est son droit. Dans ce cas-ci, c'est quand même le syndicat. Dommage qu'on n'ait pas de prud'homme ici.

- Qu'est-ce que c'est? demande Normand.

- Une sorte de tribunal des petites créances concernant le travail. Ils ont ça en Europe. Est-ce qu'il y a autre chose?

- Pour le moment non. Je vais peut-être avoir des démarches juridiques à faire pour mon fils.

- On verra cela plus tard.

- Combien cela va me coûter?

- J'ai eu un sacré coup de chance et, depuis ce temps là, je paye au suivant. Vous avez besoin de mes services, c'est essentiel et vous n'avez pas d'argent. Je vais le faire à mes frais.

- Comment vous remercier?

- En payant au suivant!

Claude met son calepin dans sa valise, la ferme et se lève. Normand se lève aussi et le raccompagne. Samuel les suit et attend que Claude soit parti. Il tend ensuite la main à Normand.

- Merci!

- Paye au suivant, répond Normand en lui serrant la main. Normand retourne au salon pendant que Samuel redescend l'escalier songeur.

Samuel et Claude se rendent à la banque où le directeur accepte d'ouvrir un compte à Samuel. Claude accompagne Samuel au bloc appartement mentionné par Samuel lors de sa visite. Une discussion s'engage avec le concierge. Ce dernier finit par céder et sort les papiers pour le bail ainsi que la clé du logement.

Un peu plus tard dans la semaine, Claude rencontre M. Brisebois au local du syndicat des employés de voirie. Ils ont une bonne discussion où Claude se montre convaincant. Finalement, M. Brisebois se rend aux raisons de Claude et permet l'embauche de Samuel.

Quelques mois plus tard, Samuel loue un appartement confortable pour lui et son fils et ils emménagent. Ils reçoivent les meubles et commencent la décoration en équipe.

Un beau matin où Jacques se rend à son bureau au palais de justice, il y trouve Samuel et son fils. Il salue tout le monde et prend le temps de regarder le fils de Samuel. Il invite Samuel à entrer dans son bureau. Ils s'assoient de part et d'autre du bureau. Jacques amorce la conversation en tendant un papier à Samuel.
- Je vous ai fait venir ici parce que j'ai quelque chose pour vous. Une remise de peine.
- Merci beaucoup! S'il y a un service que je peux vous rendre vous n'avez qu'à demander.
- Payez au suivant.
- C'est la troisième fois que j'entends ça et je ne comprends pas.
- Cela veut dire de rendre service à d'autres sans rien attendre en retour. La vie est une compétition ou une collaboration.

La compétition, c'est être le meilleur. Dans la compétition, on rend des services en attendant un service en retour. Dans la collaboration, on n'en attend pas. On rend service parce qu'on peut le rendre et on n'attend rien en retour. C'est cela payer au suivant. Cela crée une chaîne d'entraide, donc une collaboration. En bout de ligne, si personne ne collaborait, à aucun moment, nous serions toujours en train de nous entretuer. Comme dans la compétition qui, ultimement, veut définir un meilleur, ce qui peut impliquer de se débarrasser de tous les autres. La collaboration vient adoucir la compétition qui est quand même nécessaire. Vous comprenez?

- Là, oui. Et je vais le faire.

Ils se lèvent :

- Merci!

- Pourquoi?

- Parce qu'à partir de maintenant, je vais penser à vous quand je vais vouloir imposer une sentence sévère.

Ils se serrent la main. Jacques à un sourire admiratif. Il l'a toujours quand il revient à la réalité du moment et qu'il se rappelle, que ni Samuel, ni son fils qui vient de se marier, n'ont eu à se présenter devant un juge.

Mémoire

C'est une belle journée d'été. Michel, le fils de Normand, vient de se réveiller et va sous la douche. Quelques minutes plus tard, une femme entre dans la cuisine toute ensoleillée. Elle prépare la cafetière et ouvre le réfrigérateur pour prendre du jus d'orange. Elle en prend un verre en attendant que le café infuse. Michel sort de la salle de bain.

- Bonjour, lance Céline.
- Bonjour, ça va?
- Oui et vous?
- Tout à fait. Je vous ai vue hier à la réunion sur le contrôle des armes à feu et je suis content de voir que vous êtes rentrée avec mon père. Vous me semblez sympathique. Je ne sais pas votre nom.
- Céline. Et vous, c'est Michel si je me souviens bien.
- Tout à fait. Je prendrais bien un verre de jus d'orange.
- Bien sûr! J'ai fouillé un petit peu. Ça ne vous dérange pas trop?
- Non. Faites comme chez-vous. Par contre, si vous voulez déjeuner, je peux vous faire du pain doré. Juste l'odeur, ça va réveiller mon père. Ça vous dit?
- Tout à fait! Je pense qu'on va bien s'entendre.

Céline fouille un petit peu dans les armoires pour trouver la vaisselle et met la table pendant que Michel fait sa préparation. On entend la voix d'un homme qui fait des grognements comme quand on s'étire et Normand arrive en robe de chambre comme les autres.

- Ça sent drôlement bon! Bonjour Michel! Bonjour Céline ! Céline est une …

- On s'est déjà présentés! coupe-t-il en mettant les pains dorés dans une assiette.

- Tu veux ton café?

- Oui, bien sûr.

Il s'assoit à sa place pendant que Michel apporte les pains. Il se frotte les yeux et, pendant ce temps, Michel fait des signes à Céline pour qu'elle trouve la tasse de Normand et le nombre de cuillerées de sucre qu'il préfère. Céline lui apporte la tasse. Normand la remercie et elle s'assoit en face de Michel. Normand trouve le café à son goût et remercie encore une fois Céline. Ils mangent un peu. Comme Normand reprend une gorgée de café, Michel demande :

- P'pa, je dois payer mon inscription à l'université et tu étais censé me donner un chèque aujourd'hui.

Cette phrase banale ramène brutalement Normand des années en arrière alors qu'il ne connaissait même pas Céline.

Il se revoit à cette même table alors que sa fille lui pose la même question. Il est en uniforme de policier et il y a une autre femme à côté de lui. Il répond que l'enveloppe est sur la table du salon. Il finit son café, se lève, souhaite une bonne journée à sa femme, l'embrasse et s'en va.

Il monte ensuite dans sa voiture et se rend au poste de police où il travaille. Il entre dans la section des casiers et prend ses affaires. Il se dirige ensuite vers la salle de réunion. Le superviseur l'appelle et lui présente son nouvel équipier pour la voiture Orchidée 5.

- Normand, je te présente ton nouveau coéquipier, Pierre, un petit nouveau qui vient de sortir de l'école de police de Nicolet.

- Enchanté, répond-il en souriant et en tendant la main. Tu vas voir, on a quelques moyens moineaux sur le territoire de patrouille.

- Pas de problème. Quelle voiture on prend?

- Vous prenez Orchidée 5, la camionnette Dodge 28-5. Le secteur de patrouille normal, rien à signaler de spécial aujourd'hui.

Puis en s'adressant à Normand et en lui donnant les clefs de la camionnette :

- Vous allez vous occuper des accidents.
- O.K. Bonne journée chef! Viens-t-en mon homme.

Ils montent tous les deux dans la camionnette de police. Il y a un moment de silence où les deux policiers ne se parlent pas trop. Finalement, Pierre soupire.

- Je suis un peu nerveux. Je rêve de ce moment-là depuis mon premier jour de cours. Maintenant que j'y suis, j'ai des gargouillis dans l'estomac.

- O.K. Je vais être obligé de couper la moitié de mes arrêts aux Dunkin Donut.

- Ben non! Gênez-vous pas pour moi.

- Je ne me gêne pas pour toi. Mais je ne veux pas te gaver de cafés. T'es déjà ben assez énervé.

- Je peux vous accompagner sans boire à chaque fois. De toute façon, dans ce temps-là, je ne mange où je ne bois presque pas.

- De toute façon, j'ai un beigne à perdre, répond-il en montrant son ventre. Pis t'en fais pas, ta nervosité va disparaître au fur et à mesure que la journée va passer. Et tu vas voir, on a un beau petit coin ici. Les gens sont sympathiques.

- Ah, bon, merci! Je vais prendre ça comme ça vient. Je pense que je vais bien m'entendre avec vous. Vous avez l'air d'un bon guide.

- Ah, tu peux me dire tu là. Ce n'est pas un peu de flatterie que tu es en train de me faire?

- Ben non!

Il y a un moment de silence pendant que Normand se faufile dans la circulation.

- J'veux que tu retiennes une chose, tout de suite en partant. La plupart des situations que l'on va rencontrer, on peut les calmer avec un peu d'humour.

- O.K. C'est noté.

Il y a encore un moment de silence.
- Aie! s'exclame Pierre. Cette femme-là est en train de vomir.
- Ouin. C'est la Laura, on va s'arrêter.
La camionnette s'arrête près du trottoir où une jeune femme assise sur un banc, pliée en deux, se remet de son malaise. Normand et Pierre descendent de la camionnette et s'approchent de Laura.
- Salut Laura!
- Ah, encore les bœufs! On n'est jamais tranquille.
- On ne te fera rien. T'es sûre que t'as pas besoin d'aide. T'as l'air mal en point.
- Ah, non. J'ai pas besoin d'aide. J'ai juste besoin de revenir sur terre. Hic.
Normand s'assoit à côté d'elle, mais Pierre reste toujours debout un peu en retrait.
- Il n'est pas un peu tôt pour avoir un petit coup dans le nez.
- Tôt? Je dirais plutôt tard. Encore un client, pis je vais me coucher.
- Tu veux pas un petit café avant. Ça t'éclaircirait les idées un peu. Comme ça, si jamais ton client était pas correct, tu vas pouvoir plus lui faire face.
- Oui, je trouve ton idée bonne.
Normand fait signe à Pierre d'aller en chercher un au dépanneur d'en face, ce que Pierre fait sans attendre. Normand continue à parler à Laura.
- Pourquoi tu fais ça?
- Te rends-tu compte que je fais ça une journée ou deux dans le mois, et je suis dans le luxe tout le restant du mois?
- Oui, oui, mais ... d'un autre côté, si t'es obligée de boire pour supporter ça, ça coupe tes revenus et si tu bois, c'est tout de même pas parce que c'est agréable. Est-ce que ça en vaut vraiment la peine?
- Des fois, je pense que oui, des fois, je pense que non. Mais de toute façon, qu'est-ce que tu voudrais que je fasse d'autre?

- Je ne le sais pas, mais me semble que tu dois avoir d'autres talents.

Pierre arrive avec le café et le lui donne.

- Merci. T'es un beau blond toi.

Normand se lève.

- Écoute. Tu fais pas trop de troubles dans le coin. J'vais faire comme si je ne t'avais pas vue. Mais laisse mon coéquipier tranquille. Il commence aujourd'hui. Ça fait que tu sais … Je l'éloigne de toi avant que tu le pervertisses.

Il s'éloigne en poussant Pierre vers la camionnette. Ils y montent tous les deux et Normand démarre.

À l'intérieur de la cabine, Pierre se lance :

- Je ne comprends pas pourquoi on ne l'a pas arrêtée. C'est sûr qu'elle fait la gaffe.

- Oui, elle nous l'a dit. Mais un, est-ce que ça va tenir en cours? Deux, ça va lui prendre combien de temps à sortir? Avec un bon avocat, 20 minutes, 1 heure, 2 heures max. Non, si on veut vraiment la sortir de là, il faut lui trouver des raisons, pis c'est pas en la mettant en prison qu'on va la convaincre. Oublie pas une affaire le jeune, on est policiers patrouilleurs, on est là pour arrêter les méchants. Mais on est surtout là pour mettre de l'huile dans les relations humaines.

- Oui, c'est un point vue, mais je pense quand même que la loi doit être respectée, pis il me semble qu'on est là pour ça, qu'on est là pour la faire respecter.

- Ça oui. Mais tu peux pas demander aux gens d'en faire plus que ce qu'ils sont capables, mon homme.

- Tu dis rien mais t'as l'air de jongler. Tu me fais penser à ma fille. Ça serait drôle de vous voir ensemble.

- Pourquoi pas? Tu me présentes quand tu veux.

La radio de l'auto se fait entendre.

- Orchidée 5, rendez-vous au 12000 Millen, deuxième étage. Bataille de voisins.

- Bien reçu, répond Normand. On y va tout de suite!

Normand fait fonctionner ses gyrophares et coupe la circulation pour aller ensuite dans le sens contraire d'où il allait. Ils se rendent à l'adresse que la standardiste leur a donnée. Ils stationnent la camionnette et entrent dans l'immeuble. Ils montent un escalier pendant que l'on entend des cris de rage et des coups sourds. Quand ils arrivent sur le palier, ils voient un homme qui est en train de frapper la tête d'un autre sur le plancher. Ils l'empêchent de continuer. Celui qui frappait la tête lâche prise dès que Normand et Pierre le lui demande.

- Tu sais que tu aurais pu le tuer? demande Normand.
- Il le méritait peut-être après m'avoir sauté dessus!
- C'est pas tout à fait ce qu'on a vu, intervient Pierre.

À ce moment, le deuxième homme essaie de sauter sur le premier en bousculant Normand et Pierre qui essayent de le retenir. Le deuxième pousse des cris de dément. Normand et Pierre ont beaucoup de difficulté à le maîtriser sans lui faire mal.

- Il a peut-être raison, constate Normand. Est-ce qu'il y a quelqu'un qui peut répondre de vous? demande-t-il au premier. Un autre locataire dit que oui et explique que celui qui se faisait malmener causait des ennuis à tout le monde. Normand et Pierre l'arrêtent. Ils sortent du bloc et se rendent à la camionnette. Ils ouvrent la porte arrière de la camionnette et y font monter l'homme qui semble pris d'un délire et qui profère des menaces à tous ceux qu'il rencontre. Ils ferment la porte, montent à leur tour et démarrent. Pierre et Normand entrent dans le poste avec l'homme qui continue à délirer et vont l'enregistrer comme détenu temporaire. L'officier de police qui fait l'enregistrement leur indique une cellule où l'isoler, le temps que son cas soit évalué. Il pourrait avoir besoin de soins psychiatriques. Ils le mettent en cellule et vont ensuite écrire leur rapport.

Un peu plus tard, ils reprennent leur patrouille.
- Est-ce qu'il y a des coins où c'est mieux de ne pas aller par ici? commence Pierre.

- Non. C'est multiethnique, il y a quelques points chauds, mais dans l'ensemble il y a beaucoup de tolérance, ce qui fait que c'est plus calme que ben d'autres places. Tu ne connais personne dans le coin?

- Non et je reste dans un autre secteur de la ville. J'ai une amie Nathalie qui travaille dans un CLSC du quartier comme assistante sociale.

Normand regarde par la vitre de sa portière et pousse un soupir.

- Méchant zigoto à côté de nous. On va lui demandé de se ranger sur le côté.

- Qu'est-ce qui se passe?

- Il se promène avec des enfants, sans siège pour enfant. Un accrochage et ils peuvent être gravement blessés.

L'automobiliste se range sur le côté. Pierre et Normand descendent de voiture et demandent prudemment au chauffeur de sortir tout en ayant une main sur leur arme. Le chauffeur sort et montre ses papiers. Il demande ce qu'il a fait de mal et Normand lui explique. L'homme lui dit qu'il ne savait pas et qu'il n'a pas le temps maintenant. L'homme hèle un taxi et veut faire monter ses enfants dans le taxi. Normand et Pierre le retiennent. Pierre lui dit qu'il a peut-être une solution. Il s'éloigne et va à un téléphone public où il compose le numéro de téléphone du CLSC où travaille Nathalie.

- Oui, bonjour!

- Bonjour Nathalie!

- Allo, Pierre! Comment va ta première journée?

- Pas si pire. Écoute, j'ai un problème là et je me demandais si tu avais une idée.

Il lui explique la situation et Nathalie y pense quelques minutes. Elle lui dit qu'elle a quelque chose. Elle demande où ils sont et dit qu'elle devrait être là dans peu de temps. Pierre retourne auprès de Normand et de l'homme. Peu de temps après, Nathalie arrive sur les lieux. Elle descend de sa voiture, ouvre le coffre arrière et en sort deux sièges d'enfant. Elle les apporte au chauffeur et lui explique qu'elle veut avoir ses coordonnées pour pouvoir récupérer les sièges plus tard. Pierre et Normand aident le chauffeur à installer les sièges. Il les remercie et continue son chemin.

- Nathalie, je te présente Normand, mon coéquipier.
- Enchantée.
- Enchanté. Je vois qu'il a du goût. Vous êtes une belle femme.
- Il sait que je préfère les femmes.
- Ah! Hum! Pas de problème avec ça. Vous devez connaître Nicole à votre CLSC?
- Vaguement, pourquoi ?
- Parce qu'elle était de toutes les manifestations concernant les droits des gais et lesbiennes.
- Je vais essayer de lui parler. Si vous m'avez fait une mauvaise blague, je vais vous en vouloir à mort.
- Je n'ai pas de raison de vous faire un coup bas et je n'en aurais pas envie. Vous m'êtes sympathique et vous venez de m'éviter quelques heures de paperasse.
- Bon, ben au revoir.

Elle monte dans sa voiture et démarre. Pierre et Normand remontent dans la camionnette et partent à leur tour.

Ils jasent de tout et de rien tout en vérifiant que tout est calme dans leur secteur. La voix de la standardiste se fait entendre dans la radio.

- Orchidée 5!
- Orchidée 5 à l'écoute.
- Accident au coin de Curotte et Fleury. Les ambulanciers sont en route.
- On y va!

Il fait partir les gyrophares et se dirige vers le lieu de l'accident. Normand et Pierre arrivent sur les lieux. Il y a un piéton étendu sur le ventre. Un automobiliste est à côté du blessé.

- Les voilà. Ils vont vous aider, dit l'automobiliste.

Normand et Pierre mettent leurs gants chirurgicaux et s'approchent du blessé.

- Est-ce que vous m'entendez? demande Pierre.
- Oui. Bon dieu que ça fait mal, répond le blessé.
- Où avez-vous mal?
- Aux jambes et au bassin.
- Pas dans le dos?
- Je ne sais pas encore. Le reste fait trop mal.
- Ok. Je reste avec vous. Parlez-moi.
- Que voulez-vous que je vous dise?
- N'importe quoi! Ce qui vous tient à coeur.

L'accidenté commence à raconter n'importe quoi à Pierre. Normand se relève et fait signe à l'automobiliste de le suivre. Une ambulance arrive. Yvan et Léon en sortent. Ils s'approchent de l'accidenté. Yvan se penche sur le blessé.

- Il est conscient?
- Oh, que oui! Faites-moi une piqûre! Ça fait mal en chien! répond le blessé.
- Je vais attendre ce que mon collègue va dire, répond Léon. Il a pratiquement fait sa médecine. S'il me dit OK, je vous fais planer.
- J'aimerais quand même avoir ça au plus vite.
- Je le comprends. Si je vous donne quelque chose pour ne pas sentir la douleur, je risque de passer à côté de quelque chose d'important. Un peu de patience. Il faut bien que je détermine les avantages pour les infirmières qui vont s'occuper de vous!
- Ne vous en faites pas, souligne Léon. Il passe son temps à faire des blagues. Comme moi d'ailleurs. Ça évite de trop penser à ce que l'on fait.

Pierre se retire tranquillement pendant qu'Yvan et Léon continuent leur travail. Il va rejoindre Normand qui prend des notes concernant l'accident.

- Ils ont l'air de comiques.
- Qui ça? demande Normand.
- Les ambulanciers.

Normand les regarde.

- Yvan et Léon. Je les connais. Ils viennent de commencer et ils se défendent des drames qu'ils rencontrent en riant de tout. Pour en revenir à l'accident, demande-t-il à l'automobiliste, avez-vous remarqué les bandes jaunes sur la chaussée.

- Oui.

- Vous savez que cela donne la priorité aux piétons?

- Je paye des taxes partout depuis que j'ai ma voiture. Plus qu'un piéton. Ils n'ont pas à être dans mon chemin.

- Le code de la route n'est pas fait comme ça.

- Il n'y a qu'à le changer!

- En attendant que cela se fasse, si jamais ça se fait, je dois vous remettre une amende de 200 $.

- Maudite marde! Pourquoi vous vous en prenez à moi? Je ne suis pas un criminel!

- C'est quoi pour vous un criminel? demande Pierre.

- Quelqu'un qui tue ou qui vole.

- Il est blessé. Rien ne nous dit qu'il ne vas pas mourir, que ce soit dans le transport vers l'hôpital ou à l'hôpital même. Dans ce cas-là, la différence entre un criminel et vous serait quoi?

- Ce n'est pas pareil! C'était un accident!

- Un accident, c'est un événement inattendu, dit doctement Normand en levant les yeux de son carnet. Quand on suit les règles et que quelque chose d'inattendu arrive, c'est un accident. Quand on ne suit pas les règles, on peut s'attendre à certains événements et donc ce ne sont plus des accidents.

L'homme furieux essaie de frapper Normand. Pierre le maîtrise rapidement et lui passe les menottes.

- Résistance à un agent de police, voie de fait. Ça aurait pas été plus simple de prendre ton amende et d'essayer de t'arranger avec le juge?

Normand ouvre la porte arrière de la camionnette et Pierre fait monter l'automobiliste. Un conducteur de dépanneuse vient voir Normand.

- Qu'est-ce qu'on fait avec la voiture?

- Tu l'apportes au labo de la police, décide Normand. Le technicien de niveau 4 va peut-être vouloir faire des prélèvements.

L'opérateur de la dépanneuse commence à attacher la voiture de l'automobiliste.

Pierre et Normand vont le mener au poste de police et font à nouveau un rapport. La journée s'avance et ils retournent en patrouille. Soudain le code d'alerte se déclenche à la radio. La standardiste dit d'une voix pressée :

- À toutes les voitures! Fusillade à l'université. Convergez!

- Orchidée 5! Bien reçu! En direction en partant du boulevard l'Acadie! répond Normand puis il allume ses gyrophares, la sirène et accélère.

Pierre et Normand laissent leur véhicule et s'élancent dans le bâtiment. Ils montent des escaliers mobiles avec leurs armes sorties. Ils sont mis au courant par les autres policiers qu'il y a un fou armé dans l'édifice. Ils suivent le mouvement. Au tournant d'un corridor, Normand sursaute et se met à souffler comme un boeuf qui a couru et à cligner des yeux. Il continue à avancer. Ils entendent un coup de feu puis des policiers reviennent dans leur direction les informer que le fou s'est suicidé. Normand, toujours en clignant des yeux, range son arme et retourne en arrière en courant. Pierre le suit en lui demandant ce qui se passe. Normand s'arrête près d'un corps. Il a l'air hébété.

- Je t'ai dit que tu devrais rencontrer ma fille. Puis, les larmes aux yeux, il ajoute : « Je te présente Anne ».

Normand prend la main de sa fille et s'assoit en sanglotant. Pierre s'approche et met une main sur l'épaule de Normand. Il a les larmes aux yeux. Il s'adresse plus à l'âme d'Anne qu'à son corps.

- Enchanté Anne. Je vais l'aider du mieux que je peux. Vous avez ma parole.

Normand reprend pied dans le temps présent. Céline et Michel sont autour de lui et le secoue légèrement en lui demandant si ça va. Normand s'appuie sur le ventre de Céline et la serre comme s'il voulait se réfugier en elle.

- P'pa, je ne voulais pas te rappeler ça.

Normand continue à pleurer avec le visage appuyé sur le ventre de Céline.

- C'est rien mon gars. J'ai mis le chèque dans une enveloppe sur la table du salon. Je vais changer mes habitudes, puis, en s'adressant à Céline il murmure : « Je m'excuse ».

- Ne t'excuse pas, tu n'as rien fait de mal. Je vais juste te demander une chose. Ne change pas.

Et Céline le berce pendant qu'il se reprend et que Michel se prépare à aller à l'université.

Beuverie

Céline est dans le salon avec Normand et elle lui raconte ce qui l'a amenée à faire partie du groupe pour le contrôle des armes à feu. Elle retourne à l'époque où elle vivait avec Yvon.

Dans un quartier résidentiel de la banlieue, un enfant de dix ans sort par la porte de côté et s'en va dans la cour.

- Jason! Où es-tu passé encore?

Céline sort de la maison et se dirige vers la cour. Peu de temps après, elle revient avec l'enfant qui s'est sali.

- Tu vas reprendre ton bain, mon bonhomme. Je ne sais pas ce que vous avez les gars, mais vous trouvez toujours de quoi de salissant à faire. Allez ouste!

Ils entrent dans la maison. Céline, en tenant Jason, ferme le feu de la poêle où il y a les oeufs.

- Yvon! Il faut redonner un bain à Jason!

Yvon vient chercher Jason et va dans une autre pièce.

- Nadia! Qu'est-ce que tu fais encore?

Elle passe au salon et trouve Nadia qui est en train de dessiner sur le mur du salon.

- Ah, encore! On n'a pas le temps de laver ça avant de partir. Viens manger. Tu vas arranger ça quand on va revenir.

Elle la ramène à la cuisine, l'installe à la table et lui sert des oeufs. Nadia se met à taper sur le jaune des oeufs en criant :

- J'aime pas les oeufs! J'en veux pas!

- C'est ça qu'on a et c'est ça que tu manges. Dépêche-toi, on s'en va bientôt. C'est ça ou rien d'autre. Si tu ne manges pas maintenant, tu vas devoir attendre le dîner.

Nadia mange ses oeufs en bougonnant. Yvon ramène Jason à la cuisine pour manger. Yvon et Jason prennent place à la table. Céline les sert et s'assoit à son tour. Ils mangent en papotant.

- Tu as fait vérifier la voiture?

- Oui, je l'ai fait. Elle est toute en ordre maintenant.

- Est-ce que tu as trouvé quelque chose pour Nadia et Jason.

- J'ai acheté des batteries pour leur gameboy.

- J'aime pas tellement qu'ils jouent avec ça.

- Nous autres on aime ça. Mais on va où? demande Jason.

- Chez ma tante Lydia! répond Nadia. On va voir notre p'tit cousin.

- Eh oui. C'est son baptême aujourd'hui. C'est pour ça qu'il faut se dépêcher. On a un p'tit bout à faire.

- Est-ce que je suis baptisé moi?

- Oui, répond Yvon. Nadia aussi.

Ils finissent de manger et mettent la vaisselle dans le lave-vaisselle. Ils se lavent les mains et les dents et s'installent dans la voiture. Yvon démarre. Ils roulent un bon moment sur l'autoroute et ensuite ils prennent une sortie pour une route moins achalandée. Après un temps, ils arrivent à une maison où il y a déjà quelques voitures et des ballons accrochés au balcon. Yvon et Céline descendent de voiture et ouvrent les portes arrière pour laisser les enfants descendre à leur tour. La maîtresse de maison vient au devant d'eux.

- Bonjour! Ça fait plaisir de vous voir!

- Nous aussi! C'est toujours aussi beau chez-vous.

- Ça va l'être encore plus. Nous avons eu les autorisations pour avoir un gîte du passant.

- Vous allez donc vous lancer dans l'hôtellerie? demande Yvon.

- Hôtellerie, c'est un grand mot, répond le mari de Lydia. Nous nous sommes dit qu'une école d'équitation avec un endroit pour séjourner plus longtemps ça pourrait plaire aux gens.

- Vous avez eu raison et je vais en parler à tous mes amis.

- Est-ce que tu penses qu'on en fait trop? demande tout bas Lydia.

- Trop quoi? fait Céline.

- Ben, une réunion de famille pour un baptême.

- Oh non! C'est une bonne raison de couper de la routine du travail et de se retrouver ensemble. C'est le fun. Si on ne le fait pas dans ces cas-là, on va le faire quand? À un enterrement? Dans ce cas, il y a toujours une personne qui manque alors ...

Lydia ne peut s'empêcher de rire. Tout le monde se dirige vers la maison.

Pendant ce temps, à plusieurs kilomètres de là, il y a un bar où le barman à l'air de s'ennuyer ferme. Trois personnes sont au bar et discutent avec lui.

- Voyons donc, tu bois pu, dit un des types. Qu'est-ce qui a bien pu te faire arrêter?

- Il paraît que c'est mon foie. Que je dois faire attention, sinon je vais faire une cirrhose.

- Ouin. Il y a un moment de silence. Mais ça fait quand même un bout que le docteur t'as dit ça et tu n'as pas retouché à la bouteille. Peut-être que cela s'est replacé.

- Ça se pourrait.

- T'as pas l'air sûr. C'est sûr que ça se passe. Laisse-toi donc aller. C'est tellement le fun de fêter avec toi. Ça efface ta face de carême.

- Parce que j'ai une face de carême?

- Parfaitement! Donne-moi s'en deux.

Le barman sort deux bouteilles de bière, les ouvrent et les mets devant un des buveurs. Le buveur rapproche une des bières. Il repousse l'autre vers le barman.

- Tiens. Celle-là, c'est pour toi.

Le barman regarde la bouteille avec envie, mais ne se décide pas à la prendre. Les buveurs le chahutent un peu. L'un d'eux lui met la bouteille dans la main. Le barman ferme les yeux un moment. Puis il se met à boire la bouteille et la vide. Les autres buveurs le félicitent. Le barman ressort une autre bouteille du frigidaire et commence à la boire.

La cérémonie de baptême se déroule normalement et le prêtre invite toutes les personnes présentes à faire un signe de croix sur la tête du bébé. Peu de temps après, tout le monde se retrouve dans la maison de Lydia. Les gens de la famille d'Yvon mangent et boivent en échangeant des plaisanteries. Le jeune enfant qui vient d'être baptisé est au bout de la table. Sa mère le fait boire.

Le groupe de buveurs et le barman sont saouls. Il y en a un qui propose d'aller aux danseuses. Ils acceptent. Le barman ferme son bar et sort. Il invite les autres à s'approcher de sa voiture. Il ouvre le coffre arrière et montre sa collection de carabines.

- On devrait prendre ta voiture. Quand on sera tannés des danseuses, on ira tirer sur des bouteilles, dit un des buveurs.

Puis, ils montent tous dans la voiture.

Yvon et Céline font monter Jason et Nadia dans la voiture. Les parents du bébé leur souhaitent une bonne route.

Les buveurs et le barman sortent du bar de danseuses. Ils montent dans la voiture pendant que le barman va chercher une caisse de bières au dépanneur. Il revient avec la caisse, la donne à un des passagers et démarre.

Yvon roule tranquillement, à la vitesse permise, en écoutant de la musique et en disant à Céline combien il l'apprécie. Ils font un retour sur leur journée.

Pendant ce temps, le barman conduit rapidement tout en buvant de la bière et en faisant des plaisanteries grasses avec les autres. Au détour du chemin, ils aperçoivent au loin la voiture d'Yvon et constatent qu'il roule à une vitesse raisonnable. Ils décident de leur faire peur et commencent diverses manoeuvres relativement risquées. Yvon et Céline se demandent ce qu'ils font. Jason et Nadia sont réveillés par les embardées. Finalement, l'auto du barman dépasse celle d'Yvon. La voiture du barman s'arrête et se met en travers du chemin. Yvon s'approche tranquillement sans accélérer.

- J'aime pas ça.

- Moi non plus. On devrait retourner. Je vais me sentir plus à l'aise si on prend une autre route.

- Ils peuvent décider de nous poursuivre.

- Ils nous poursuivrons. Retourne!

Pendant qu'Yvon s'exécute, le barman ouvre le coffre arrière de sa voiture et sort une carabine. Il l'arme. Céline regarde par la vitre arrière de la voiture et voit le barman armer la carabine.

- Nadia! Jason! Couchez-vous!

Le barman tire deux coups avec sa carabine. Céline se penche pendant que les deux balles touchent la voiture. Elle ne peut voir Jason, mais le sent s'affaisser. Elle lui met la main sur la tête et se met à dire que ça va aller. Yvon met la pédale au fond.

Le barman remet sa carabine en place.

- Ils ont appris à rouler plus vite! J'aime ça apprendre des choses aux gens!

Ses copains partent à rire et montent dans la voiture. Ils démarrent et s'en vont dans la direction opposée.

La voiture d'Yvon entre rapidement dans un stationnement. Yvon et Céline descendent le plus vite possible et ouvrent les portes arrière. Nadia sort en pleurant et saute dans les bras d'Yvon. Céline regarde Jason qui est blessé à la tête et qui gémit faiblement.

- Ils ont tué mon fils! crie-t-elle.

- Il respire encore. Occupe-toi de Nadia, je vais appeler des secours.

Il lui tend Nadia et se dirige vers le restaurant.

En très peu de temps, toutes les forces d'urgence de la

région sont alertées. Il n'y a que les pompiers qui ne sont pas envoyés au restaurant. La police municipale fait même appel à la police provinciale. Une ambulance arrive sur les lieux. Les ambulanciers descendent et sortent Jason de la voiture et le mettent sur une civière. Ils lui font un bandage et installent un moniteur cardiaque. Le coeur bât. Un policier interroge Yvon et Céline.

- Avez-vous noté le numéro de plaque?
- Oui. Je voulais qu'il fasse une recherche à son travail.
- Vous travaillez où?
- Société de l'assurance automobile du Québec.

Céline lui donne le numéro de plaque.

Les voitures de police font des patrouilles intensives et examinent les plaques des voitures dans les différents stationnements. Une patrouille s'arrête au bar Vénus. Un officier de police examine les plaques des voitures stationnées avec une lampe. Il s'arrête sur la plaque de la voiture du barman. Il utilise alors son radio.

- Véhicule suspect repéré. Il est stationné au bar Vénus.
- Bien reçu. Attendez les renforts.

Peu de temps après, les autres autos-patrouilles entrent dans le stationnement. Deux policiers sont désignés pour approcher de la voiture. Ils le font en tenant leur arme pointée. La porte arrière n'est pas verrouillée et ils trouvent un des buveurs qui est en train de dormir. Il n'y a personne d'autres. Ils le sortent et lui passent les menottes. Ils le secouent jusqu'à ce qu'il reprenne un peu conscience.

- Où sont les autres?
- En dedans.
- Tu vas nous les montrer.

Ils amènent l'homme à l'intérieur du bar pendant que les autres policiers couvrent toutes les sorties. D'autres policiers pénètrent dans le bar avec eux. L'homme désigne une table de la tête. Un des policiers le ramène à l'extérieur pendant que les autres policiers s'approchent de la table les mains sur l'étui de leur arme. Le barman qui est en train de prendre une autre bière les voit.

- Les boeufs! Qu'est-ce qu'on peut faire pour vous messieurs. (Hoquet)

- Vous avez tiré sur une voiture, non?

- Oui, juste pour leur faire peur.

- Vous avez blessé un enfant.

- Ben voyons. C'était juste deux petites balles.

- L'effet est le même. Mains sur la tête tout le monde.

Les buveurs s'exécutent et les policiers leur passent les menottes. Ils les sortent du bar et les font monter dans les autos-patrouilles.

Yvon, Nadia et Céline sont assis sur une banquette pendant que l'ambulancier vérifie l'état de Jason. On entend le bruit du moniteur cardiaque qui émet son bip régulier. L'ambulancier se tourne vers les parents.

- Nous l'amenons directement à Ste-Justine. Ils l'attendent déjà.

Arrivés à Ste-Justine, les ambulanciers amènent la civière dans un couloir et font le transfert de Jason sur une autre civière. Des infirmières et un docteur installent d'autres appareils de monitoring et remettent aux ambulanciers les leurs. Ils se dirigent vers un ascenseur. Un docteur reste un peu avec les parents.

- Est-ce qu'il va s'en tirer?

- Je ne peux encore rien vous promettre, mais la neurochirurgie fait des miracles. On va passer un scanner avant. Vous pouvez attendre là.

Yvon et Céline sont assis sur des chaises dans le couloir. Nadia s'est endormie sur l'épaule d'Yvon. Une dame s'approche d'eux.

- Monsieur?

- Vous avez des nouvelles?

- Non. Je ne m'occupe pas des soins. J'ai eu comme tâche de voir si je pouvais vous trouver une place au manoir Ronald Macdonald qui est à côté.
- Est-ce que cela va prendre tant de temps?
- Je n'en sais rien. Ce que je sais c'est que votre petite serait mieux dans un lit.

Yvon et Céline se regardent.
- Va! décide Céline. Je te préviendrai s'il y a des résultats.

Céline attend. Après un bon moment deux médecins viennent la voir.
- Je crois qu'on peut le sauver, dit le premier.
- Peut-être que oui, ajoute le deuxième. Mais je pense qu'il va avoir de graves séquelles. Il pourrait être beaucoup diminué. Voulez-vous qu'on tente tout ce que nous pouvons?
- Essayez.

Les deux médecins repartent et Céline se rassoit.

Les deux médecins s'approchent de Jason qui est allongé sur la table. Ils préparent leurs instruments. Soudain un appareil se met à émettre un bip d'alarme.
- Encéphalogramme plat docteur.

Les docteurs soupirent de dépit et déposent leurs instruments. Ils sortent de la salle. Céline voit arriver les deux médecins et voit bien à leur expression qu'ils ne lui apportent pas une bonne nouvelle.
- Je suis désolé.
- Il est mort?
- Non. Son cerveau l'est et on ne peut plus rien faire de ce côté-là. Par contre, son coeur tient le coup.
- Je peux le voir?
- Oui. Venez.

Les docteurs retournent à la salle d'opération avec Céline. Ils lui font mettre une combinaison pour réduire la contamination de la salle d'opération qui va servir pour d'autres personnes. Elle s'approche et caresse le visage de Jason. Soudain, un autre appareil émet un bip.

- Arrêt cardiaque.
- Défibrillateur!
- Non! s'écrie Céline.

Elle se penche alors sur Jason et l'embrasse.

- Bon voyage, mon bébé.

Elle se relève en pleurant. Une infirmière la prend dans ses bras et l'aide à sortir de la salle pendant que le médecin donne l'heure de la mort pour inscription dans le dossier. Céline enlève tranquillement la combinaison et sort du département de chirurgie l'air un peu hébété. Elle se rappelle qu'elle devait prévenir Yvon, mais qu'elle n'en a pas eu le temps. Elle demande son chemin pour aller au manoir Macdonald. Une bénévole la conduit à la cuisine où Yvon attend en prenant du café. Céline entre et lui fait signe que non. Yvon en échappe sa tasse et se jette dans ses bras. Ils pleurent ensemble. Céline s'excuse de ne pas l'avoir prévenu et Yvon lui répond que ce n'est pas grave.

Plus tard, le barman encadré par des policiers est amené devant un juge de paix pour l'enquête préliminaire. Un juge lit une accusation de tentative de meurtre sur la personne de Jason. L'épouse du barman est présente. Le juge décide qu'il y a assez de preuves pour un procès et fixe une caution.

- Est-ce que vous payez la caution, madame?
- Je suis venue pour ça. Mais après ce que j'ai entendu, j'ai juste envie de vendre le bar et de m'en aller loin. Non, j'ai mieux à faire avec cet argent.

Elle quitte la salle pendant que les policiers sortent avec le barman.

Quelques jours plus tard les funérailles de Jason ont lieu. Toute la famille de Céline et d'Yvon y assiste.

Les mois passent et l'affaire est inscrite au rôle pénal. Le juge Jacques Falardeau est désigné pour le dossier. Lorsqu'il entre, les gens se lèvent. Céline et Yvon sont au premier rang derrière Lucie, la procureure de la couronne. Le barman est assis à côté de Claude qui a une expression dégoûtée. Les gens se rassoient quand Jacques s'assoit.

- Affaire 210B405!

Lucie et Claude s'avancent ainsi que le barman.

- Votre Honneur, la couronne voudrait modifier la poursuite. Nous voudrions inscrire meurtre contre la victime et tentative de meurtre sur la personne du père. Voici le complément d'enquête réalisé après la comparution à l'enquête préliminaire.

Elle tend un papier à Jacques. Un huissier le prend et le transmet à Jacques.

- Est-ce que la défense a des représentations sur ce document?

- Non. J'ai été commis d'office dans cette affaire.

Jacques fronce les sourcils.

- Cela ne vous a jamais empêché de vous donner à fond.

- Habituellement, oui, mais mon client refuse de m'écouter. Je ne vais que l'assister pendant ce procès, votre Honneur.

Jacques examine un moment le barman.

- Bon, d'accord. Je ne vous tiendrai pas responsable des gaffes qu'il pourra faire. Je lis dans ce rapport que vous avez tiré deux balles sur la voiture de la victime.

- Oui, votre Honneur. Juste deux petites balles. Je ne pensais pas que cela ferait autant de dégât.

Jacques le regarde saisi. Il a soudainement la nausée. Il se demande comment des personnes aussi inconscientes peuvent exister. Il se reprend.

- Le rapport mentionne que vous avez utilisé des balles explosives. Que la deuxième balle s'est écrasée sur la barre de métal de l'appui-tête sinon elle aurait coupé la nuque du conducteur. Ce type de balle est utilisé pour percer des blindages légers! Une voiture n'est pas blindée!

- Votre Honneur, ces dommages-là, je ne les ai jamais vus quand je tirais sur des bouteilles. Je ne pouvais pas savoir que cela ferait autant de dommages. En plus, on n'avait pas toute notre tête, on avait bu, on ne pensait qu'à s'amuser.

Jacques sent la colère lui envahir les tripes. Ça suffit! crie-t-il. Il respire à fond pour retrouver son calme et sa dignité.

- Je ne veux pas en entendre plus. Je vois très bien la situation. On est un homme et c'est normal de prendre un coup. C'est normal de s'amuser. C'est normal de faire peur avec une carabine.

Un silence gêné se répand dans la salle. Jacques laisse ses paroles faire leur chemin.

- Vous savez quoi? Tout est stupide dans votre affaire, y compris le fait que vous n'écoutez pas votre avocat. J'aimerais cela qu'on puisse vous couper la tête. Pour ce qu'elle vous sert après tout. Vous êtes condamné à vie pour chaque chef d'accusation à purger consécutivement.

- Mais je n'ai pas deux vies.

- Non, mais vous êtes admissible à une libération conditionnelle après 25 ans. Dans votre cas, cela ne sera pas possible avant 50 ans ...

Les gardiens de prison lui remettent les menottes et l'emmènent. Céline s'approche d'eux. Un des gardiens s'interpose.

- Je veux juste lui dire quelques mots.

Le gardien fait signe que oui et reste en position d'intervenir. Céline regarde le barman.

- Je voulais vous dire que je vous pardonne pour Jason. Je ne le fais pas pour vous, mais pour moi. Je ne veux pas vivre toute ma vie avec le poison de la vengeance dans mon coeur. Par contre, je vais faire tout ce que je peux pour qu'on ne considère plus une arme comme un jouet. Je crois sincèrement que cela va rendre la société où je vis meilleure.

Elle se retourne et s'éloigne dans le couloir. Sa silhouette se fond dans la lumière qui pénètre par la fenêtre.

Le corps

Charlène entre dans la cuisine l'air ensommeillée et met en marche la cafetière. Elle se retourne et se dirige vers la salle de bain. Après un moment, on entend la douche couler. Patrice son mari arrive ensuite en s'habillant. Il fait quelques préparations en sifflotant. La douche cesse de couler et, après un temps, Charlène sort de la douche avec une serviette sur la tête.

- Tu peux y aller.

Patrice entre en laissant la porte ouverte pour laisser sortir la vapeur et se rase. Charlène entre dans la chambre. Elle est encore endormie et s'étend dans son lit. Un ronflement se fait entendre. Patrice finit son rasage et vient dans la chambre à son tour. Il s'approche de Charlène et se met à la caresser.

- Pas maintenant, il faut que j'aille travailler.
- C'est pour ça que tu ronfles?
- Ben non, c'est l'autobus qui fait du bruit.

Elle se remet à ronfler. Patrice lève les yeux au ciel et pousse un soupir. Il se lève et se prépare à réveiller sa femme en prenant ses précautions. Charlène continue à ronfler. Soudainement, elle ouvre les yeux et pousse un cri. Elle saute en bas du lit et regarde Patrice d'un air choqué.

- Patrice di Marco, je t'ai dit de ne jamais me faire ça!
- Sauf en cas d'urgence.
- Y'en avait pas d'urgence!
- Il te reste à peine une heure et demie pour te préparer.
- C'est pas une raison! Attends que je t'attrape!

Ils sortent tous les deux de la chambre en courant.

Plus tard, Patrice va reconduire Charlène à son travail. Ils prennent le temps de s'arrêter chez Tim Horton pour prendre des muffins. Il s'arrête ensuite dans le stationnement de l'hôpital. Charlène ferme son livre et s'apprête à descendre.

- N'oublie pas tes muffins aux bleuets!

Charlène les prend et descend.

- Tu n'es pas pardonné pour autant. Je dirais même que c'est pire! Tu m'achètes de quoi pour me faire engraisser.

- Je t'aime dodue.

- Je ne suis pas une dinde. N'essaie pas de m'amadouer. Bye!

Et elle referme la porte. Patrice s'éloigne avec la camionnette. Charlène regarde la camionnette s'éloigner.

- N'empêche qu'il réussit à m'amadouer le sacripant, se dit-elle en souriant.

Elle se retourne et prend l'entrée des employés.

Patrice arrive sur le terrain de construction avec sa camionnette. Il descend et s'approche d'une pelle mécanique. Il monte sur la chenille puis sur la plateforme pour parler à l'opérateur.

- On n'a pas trouvé de camion pour la roche. Une équipe va venir la casser. En attendant, tu vas commencer à creuser alentour.

- Ok.

Patrice descend et l'opérateur se place. Il commence à creuser et à déposer la terre dans un camion. Patrice va rejoindre le contremaître.

- Est-ce que tes gars ont le temps de finir de couper les arbres?

- Ça devrait. On ne prendra pas de retard aujourd'hui et on va peut-être rattraper du temps.

- Tant mieux.

Comme il dit cela, un débris se détache de la pelle mécanique et tombe à ses pieds. C'est un bout d'os dans une chaussure de sport, genre Adidas ou Nike. Les deux hommes sont surpris.

- Belle bottine, lâche le contremaître.

- Va arrêter la pelle!

Pendant que le contremaître s'élance vers la pelle, Patrice se penche sur la chaussure. Il redresse l'os qui dépasse.

- Ça fait un p'tit bout de temps que tu es là, toi.

Il sort son cellulaire et appelle la police.

Des voitures de police arrivent sur les lieux et mettent des rubans jaunes. Simon et Laura arrivent dans une camionnette blanche avec une boîte blanche à l'arrière avec une fenêtre; une bande bleue est peinte tout le long de la boîte avec la mention « service d'identification ». Ils descendent et s'approchent de l'attroupement.

- C'est vous qui l'avez trouvé? demande Simon, en s'adressant à Patrice.

- Non, pas du tout. C'est lui qui m'a trouvé. Il est venu déposer sa godasse à quelques pas de moi.

- Aucune idée de qui cela pourrait être? demande à son tour Laura.

- Non. C'est la Ville qui est propriétaire du terrain et elle vient de me donner le contrat pour des appartements à prix modiques.

- Commençons par ramasser les morceaux.

- D'accord.

Simon et Laura franchissent le ruban jaune et prennent des photos tout en étiquetant et en examinant le sol. Ils dégagent les ossements du torse et de la tête.

- Il manque le bas, constate Laura.

- Il est probablement dans la pelle.

- Je vais y jeter un oeil.

Elle se dirige vers la pelle mécanique. Simon, de son côté, constate qu'il n'y a aucun lambeau de vêtements après le squelette et demande de transporter celui-ci au laboratoire. Puis, il remonte rejoindre Patrice.

- Rien ne devra être touché jusqu'à ce que l'on ait terminé les analyses.

- Ça va prendre combien de temps?

- Je ne sais pas. Je pourrais vous dire quelques jours, mais il suffit d'une surprise à l'examen pour qu'il y ait des délais.

- Quel genre de surprise?

- Genre indice de meurtre, quelque chose comme ça. On va commencer par le nettoyer et nous aurons une idée plus précise.

- J'ai une équipe qui attend pour casser cette roche-là. Est-ce qu'elle peut le faire?

- Non. Imaginez que cette roche porte des indices. Si on a besoin de l'examiner et que vous l'avez fait sauter, ça va être dur de trouver quelque chose.

- D'accord, mais je vais avoir besoin d'un papier pour expliquer le retard à la Ville.

- Notre bureau vous en fera un.

Patrice se tourne vers le contremaître.

-Dis aux gars de se rendre sur le chantier numéro 2. C'est là qu'ils vont travailler le temps que la police finisse.

Simon et Laura remettent le squelette en ordre et commencent à l'examiner. À côté, il y a les souliers que portaient la personne quand elle a été découverte. Jean entre dans la pièce et s'exclame.

- Ouh, la, la! C'est maigre comme indice ça, monsieur. Il n'a que les os!

- Il peut quand même nous dire des choses, répond Simon en souriant.

- Comme quoi? J'ai jeûné trop longtemps?

- J'ai reçu un mauvais coup sur la tête, par exemple, explique Laura.

Elle désigne un trou au niveau du crâne. Simon s'approche. Il examine le trou attentivement.

- Exact! Et la position des os nous indique que cela a sûrement comprimé le cerveau. Vous voyez la courbe que fait l'os près de la fente normale?

- Oui. C'est cassé de chaque côté et la jointure a joué son rôle. Elle a plié.

- Donc, quelqu'un lui a défoncé le crâne. Et c'est sur moi que ça va tomber ce genre d'enquête. Moi, je veux bien trouver qui ne lui aimait pas la face. Encore faudrait-il qu'il en ait une.

- Ne vous inquiétez pas, je vais lui refaire une beauté, rétorque Simon en redressant la calotte crânienne. Laura, il manque un bout d'os. Vous pourriez retourner sur les lieux et tout examiner à nouveau?

- Bien sûr.

- Je vous accompagne. Peut-être que je pourrai voir quelque chose pour m'aider là-bas.

Jean et Laura sortent pendant que Simon refait le tour du squelette. Il s'arrête au niveau du crâne et le prend. Il le regarde comme dans la pièce de Hamlet. Il ouvre ensuite un livre et vérifie certains points, puis pose le crâne sur la table. Il prend ensuite du latex et commence à le répandre sur le crâne.

Laura et Jean arrivent à l'endroit où le squelette a été trouvé. Laura range son véhicule de service. Jean en fait autant. Ils descendent de leur véhicule et s'approchent du ruban jaune.

- Par où allez-vous commencer?

- Par examiner l'endroit où il a été trouvé et ensuite toutes les roches. Il faut souhaiter que ce n'est pas arrivé avec un bout de bois.

- Il n'en resterait rien.

- Il en resterait un peu, mais effectivement, nous ne pourrions pas faire d'analyses valables. Laura commence à ratisser le terrain pendant que Jean en fait le tour et prend des notes sur les accès visibles.

Pendant ce temps, Simon défait le moule de latex qu'il a mis sur le crâne. Il brasse une préparation de plâtre et la verse tranquillement dans le moule qu'il a confectionné à partir du crâne.

Laura ne trouve rien et commence à examiner les roches. Elle se rapproche de la grosse roche. Jean est parti interroger les voisins.

Dans le même laps de temps, Simon vérifie que le plâtre a bien pris. Il défait le moule et se retrouve avec un crâne en plâtre. Il vérifie que les mesures sont exactes et rectifie quelques petites imperfections. Il installe le crâne sur une table et sort de petites pastilles. Il commence à distribuer les pastilles sur le crâne et il trace quelques lignes. Il prend ensuite de la glaise qu'il commence à étendre.

Laura examine la grosse roche avec une lampe de poche. Soudain, elle sort une paire de pince et prend un fragment d'os. Elle y pose la langue. C'est bien un bout d'os. Jean qui revient de sa tournée de voisinage se rapproche d'elle.
- Je crois que j'ai trouvé.
- Quoi exactement?
- On dirait que c'est le bout d'os qui nous manquait. Je vais faire un moulage de cette partie de la pierre pour voir si cela correspond à la blessure sur le crâne.
- Et une de réglée, dit-il avec un grand sourire.
- Qu'est-ce que vous voulez dire?
- C'est un accident.
- Ce n'est pas encore sûr.
- Voyons! Vous avez vu la taille de cette roche? Si c'est quelqu'un, il faut qu'il soit Obélix ou qu'il ait pris de la potion magique. Comme ni l'un ni l'autre n'existe, il ne reste que l'accident.
- D'accord! La personne se frappe la tête au point de se défoncer le crâne. Elle fait quelques pas et meurt. Elle tombe et se retrouve enterrée. Il y a quelque chose qui ne va pas.

- Ouais. Habituellement les morts ne s'enterrent pas eux-mêmes ...

- Vous avez gagné!

- Une enquête sans queue ni tête.

- Faites confiance à la science.

Laura fait son moulage pendant que Jean retourne à sa voiture. Il inscrit ses observations sur le portable et fait son plan d'enquête qu'il envoie ensuite au Capitaine Froley par un pitch encodé. Le serveur de la brigade le décode et l'archive de façon sécuritaire. Quand Laura a terminé son moulage, elle remonte dans sa voiture. Elle et Jean retournent au laboratoire de la police. Ils entrent dans le laboratoire où Simon est en train de mettre la dernière touche à sa sculpture.

- Vous voilà! Je vous présente le visage de notre ami. Si mes mesures sont exactes bien entendu.

- Vous auriez pu le faire par ordinateur.

- Pas aussi bien. Il faut quand même prendre le temps de sentir la courbe des os. Je ne me vois pas l'expliquer à un ordinateur.

- Décidément, vous êtes un artiste. Je peux avoir des photos?

- Bien sûr. Et vous, qu'est-ce que vous avez trouvé? demande-t-il à Laura pendant qu'il prend les photos.

- Le fragment d'os qui manque apparemment.

Elle pose le morceau à l'emplacement du trou et il s'emboîte parfaitement.

- C'est bien celui-là.

- Et où l'avez-vous trouvé?

- Sur le rocher.

- Celui que l'entrepreneur voulait briser?

- Oui.

- Il ne nous reste plus qu'à trouver qui a enterré notre ami.

- Et c'est là que j'interviens. Cela n'a pu être fait que par un ami ou une connaissance. Je vais vérifier au fichier des personnes disparues.

Jean sort avec les photos. Il se rend à l'entrepôt des dossiers et compare la photo avec celles des albums. Il prend une cote et se rend ensuite dans les classeurs. Il ouvre un tiroir et en sort un dossier. Il le lit et hoche de la tête. Il referme le tiroir et va enregistrer la sortie du dossier.

Le dossier pris par Jean mentionne que la personne dont Simon a reconstitué le visage a été vue sortant d'un dépanneur avec une caisse de bière. C'était un homme qui ne portait pas de casque de vélo. Il a enfourché son vélo et a pédalé sur la piste cyclable. Jean, Simon et Laura se rendent sur celle-ci.

- C'est la dernière fois que nous avons eu des nouvelles de Christopher il y a sept ans, explique Jean.
- Où est passée la bicyclette? demande Laura.
- Retrouvée dans un marché aux puces six mois plus tard. Les pistes ne nous menaient nulle part.
- Ça paraît bien, constate Simon. Pas de contact avec personne, pas de mobile, donc accident. J'aimerais comprendre comment il a été enterré.
- Et moi donc! Christopher venait de remporter un lot de 5 millions de dollars à la loterie. Le magot dort à la banque depuis sept ans. Un assez bon mobile pour mettre quelqu'un dans un trou, si vous voulez mon avis.
- Je n'aurais peut-être pas dû me lever ce matin. On commence par où? demande Laura.
- Je vais réexaminer le squelette au microscope s'il le faut, répond Simon. Vous pourriez tamiser la terre alentour de l'endroit où nous avons trouvé le corps. Je vous envoie une équipe.
- Il ne me reste plus qu'à fouiller encore les dépositions des personnes, ajoute Jean. Un point positif, c'est que nous avons trouvé le corps à un endroit où nous n'aurions jamais eu l'idée de chercher. Une enquête de voisinage peut donner quelque chose.

Plusieurs jours se passent en démarches vaines. Jean ne retrouve aucun témoin de cette époque ou alors ils n'ont aucun souvenir d'événements sur le terrain vague. Laura, de son côté, ne trouve aucun autre débris pouvant suggérer quelque chose. Patrice, quant à lui, s'impatiente un peu, bien qu'il comprenne la nécessité de l'enquête.

Au bout d'une semaine, Simon, Jean et Laura se réunissent dans le bureau de Jean.
- Quelque chose de nouveau? commence Jean.
- Rien, répond Simon.
- Moi non plus et vous? demande Laura à Jean.
- Personne n'a rien vu ou alors ils se sont installés dans le secteur après la disparition et aucun proche de Christopher ne connaît ce terrain vague.
- Après sept ans, je ne crois pas que nous pourrons retrouver des traces quelconques.
Le capitaine Froley entre dans le bureau avec Claude.
- Content de vous trouver tous là. Vous passez en cours dans une heure.
- Pour quelle affaire? demande Jean.
- Un individu a demandé l'arrêt d'une enquête que vous menez, explique Claude. Je vais vous représenter.
- Pourriez-vous préciser l'enquête? insiste Jean très intéressé.
- Christopher Lamontagne. Apparemment l'enquête empêche la banque et la compagnie d'assurances de débloquer certaines sommes.
- J'aimerais bien voir la tête de celui qui veut nous arrêter. Cela pourrait être la personne qui a enterré Christopher.
- Bon, vous verrez cela au tribunal. Allez! interrompt le capitaine.

Jacques reçoit les différents cas et les règlent. Il appelle le dossier de l'injonction. Claude s'approche, suivi de Simon, Jean et Laura. De l'autre côté de la table, l'avocat de la famille et un de ses membres qui demande l'arrêt des procédures.

- Vous demandez l'arrêt de l'enquête sur la mort de M. Christopher Lamontagne, constate Jacques en lisant le dossier.

- Oui, votre Honneur. Aucun fait n'indique un crime et le compte de banque de M. Lamontagne est bloqué à cause de cette procédure.

- Qu'avez-vous à dire, maître?

- Mes clients m'ont expliqué le problème. Effectivement, ils n'ont trouvé aucun indice concernant un éventuel crime. D'un autre côté, ils n'ont toujours pas trouvé comment le cadavre s'est enterré seul. Le crime reste possible, votre Honneur.

- La poursuite de l'enquête me semble justifiée, tranche Jacques.

- Votre Honneur, proteste l'avocat du requérant. Pendant ce temps-là, mon client contrevient à la loi sur les impôts et ne peut pas non plus toucher son héritage.

- Si je vous comprends bien, vous voudriez que moi, gardien de la loi, je fasse pour votre client quelque chose d'illégal à cause de l'impôt? Non. L'injonction est rejetée. Vous pourrez envoyer la copie du jugement à l'impôt pour justifier le retard. Je vous condamne à tout débours.

- Qu'est-ce que ça veut dire? demande le requérant.

- Vous payez tous les frais.

- Affaire suivante! annonce Jacques en frappant la table de son marteau.

Jean, Claude, Simon et Laura sortent de la salle et s'engagent dans le couloir.

- Je vais aller poser quelques questions à ce type, annonce Jean.

- Vous ne l'avez pas déjà fait?

- Oui. Cela n'avait rien donné. Je vais essayer encore.

- Bonne chance, lui lance Laura pendant qu'il s'éloigne.

Jean s'approche du requérant et commence à lui parler.

- Je ne vois plus rien, souligne Laura. Cette affaire m'agace. J'aimerais retourner sur le terrain pour voir si je ne trouverais pas une idée.

- Allez-y. De mon côté, je vais essayer de penser à autre chose. Peut-être que la solution me viendra à ce moment-là, lui répond Simon.

Laura retourne sur les lieux de la découverte et descend de son véhicule. Elle s'approche du terrain. Elle le parcourt du regard et commence à marcher lentement. Elle se fait appeler. Elle se retourne et voit arriver Patrice.

- Bonjour!

- Bonjour!

- Il n'y a pas de fouilles aujourd'hui?

- Non. Il y a toujours quelque chose à trouver, mais nous ne savons pas quoi.

- Pensez-vous que je puisse faire quelque chose avec les équipements? Je les loue et je ne les ai pas touchés depuis que vous avez commencé l'enquête. J'attends toujours votre permission pour faire briser la roche et mettre les piliers.

- Les piliers? Quels piliers?

- Les piliers que la Ville nous demande de mettre dans ce secteur.

- Pourquoi la Ville vous demande cela?

- Sol argileux, selon eux.

- Vous avez un contact à la Ville qui pourrait me donner plus de détails?

- Bien sûr. Je vais l'appeler.

Patrice sort son cellulaire et appelle Robert. Ce dernier est disponible. Patrice lui explique la situation, ce qui permet à Robert de demander la transmission de documents dans son propre camion.

- Nous sommes chanceux. Il n'est pas loin et va passer.

- Fantastique! Est-ce que je peux voir vos plans pour les fondations?

- Bien sûr.

Ils vont vers la camionnette de Patrice et examinent les plans. Laura fait des photos. Après un moment, Robert arrive et se joint à eux.

- Pourquoi demandez-vous des piliers sous les fondations? lui demande Laura.

- Parce que nous ne pouvons pas vraiment mettre les fondations sur le fond de terre. Il faut que cela soit appuyé sur la roche. Nous avons eu quelques minis glissements de terrain dans le secteur. Rien de bien grave. Ici, il y a eu un talus qui s'est effondré.

- Il y a combien de temps?

- Je vais vérifier cela.

Il ouvre son ordinateur portable. Il déploie la courte antenne du modem sans fil et fait une connexion avec le site Web de la Ville. Après un certain temps, il a le dossier.

- Il y a sept ans. Aucune intervention n'a été faite parce que c'était un terrain vague et que les pluies étaient abondantes ce mois-là. Nous n'en avons pas eu autant depuis ce temps.

- Est-ce qu'il vous serait possible de me faire parvenir une copie du dossier? lui demande Laura en lui tendant une carte d'affaires.

- Sans problème.

- Merci. Vous pouvez reprendre vos travaux.

- Merci! s'écrie Patrice.

Laura retourne au bureau et organise une réunion avec Jean et Simon.

- Christopher avait la tête à la fête. Il devait avoir bu un certain nombre de bières avant même d'acheter celles du dépanneur. La bière donne envie d'uriner. Christopher se trouve donc un coin tranquille. Il doit s'éloigner de la piste cyclable et laisse son bicycle en arrière. Il ne portait pas de casque de protection. Il perd l'équilibre et heurte violemment le rocher. Ce dernier cause une fracture et une hémorragie dans le cerveau. Le moulage du rocher et de la blessure correspondent. Il roule au pied du talus. Les recherches commencent partout ailleurs, sauf près de ce talus. Un mois de pluie abondante, le talus s'effondre sur notre ami Christopher et nous ne le retrouvons que sept ans plus tard.

- C'est un accident bête.

- Les preuves sont très indirectes, objecte Simon.

- En avez-vous de meilleures? répond Laura.

- Non.

- Vous savez, quand j'étudiais, j'ai appris que, pour entrer à Scotland Yard, les policiers doivent suivre un cours sur Sherlock Holmes.

- Et Sherlock Holmes disait: « Prenez les faits. Faites toutes les hypothèses qu'ils suggèrent, même les plus improbables. Éliminez celles qui ne cadrent pas avec l'ensemble des faits. Celle qui reste est la vérité, même si elle est la plus improbable. »

Jean ouvre le dossier, appose sa signature et, avec un tampon, inscrit « classé » sur la chemise.

Autisme 1

Nicole, en uniforme d'ambulancier, est en train de préparer des lunchs pour le travail. Nathalie arrive dans la cuisine en tenant deux ensembles, un rouge et un bleu.

- Je ne sais pas de quelle couleur je suis aujourd'hui. J'hésite entre celui-ci et celui-là.

- Je te préfère dans le rouge. Et en riant, elle ajoute :

- Je trouve cela plus sexy, mais, pour le travail, je te conseille le bleu.

- Tu es sûre?

- Oui.

- Tu n'as pas ce problème-là, toi, aujourd'hui.

Sans attendre de réponse, Nathalie retourne dans la chambre. Nicole retourne à la confection des lunchs et commence à préparer le déjeuner pour les deux. Nathalie revient avec un ensemble mauve.

- Ta Dam! C'est avec cette vibration que je me sens en accord!

- Ouh! Je devrais vérifier si on a assez de serviettes sanitaires.

- Cela n'a pas nécessairement de rapport, répond Nathalie en grimaçant.

- C'est prouvé que deux femmes qui vivent ensemble ont tendance à avoir leurs règles en même temps. Si tu commences ton SPM maintenant, je vais te suivre bientôt.

Nicole médite le fait quelques moments en servant le déjeuner.

Elles s'assoient à la table.

- Tu sais quoi? demande Nathalie d'un air espiègle. On devrait inviter nos ex-chums pour les prochains jours.

- L'idée de les voir s'arracher les cheveux est séduisante, mais non. J'ai d'autres choses à faire.

- Tant pis. Tu vas être obligée de me supporter.

- Toi aussi.

- Toujours satisfaite de ton choix?

- Oui. Ils voulaient faire des coupures budgétaires et moi j'ai coupé dans mon stress. Quatre emplois à temps partiel me donne plus que ce que je gagnais avant et j'ai mes fins de semaine. Aujourd'hui, je supervise les ambulanciers.

- Et moi, j'ai une foule de rendez-vous. Je vais y aller tout de suite.

- Eh! Tu ne t'es même pas maquillée!

- Je ferai ça dans l'auto.

- Tu devrais finir ton déjeuner! Nous dépensons une fortune en aliments naturels. Nous n'allons quand même pas gaspiller.

Nathalie met son oeuf retourné entre deux tranches de pain grillé et met le tout dans un contenant en plastique.

- Voilà qui devrait faire l'affaire.

- Tu viens souper?

- Oui. C'est pour ça que je veux commencer de bonne heure. Bye!

- Bye!

Nathalie prend quelques dossiers et les amène à son bureau. Elle reçoit des personnes avec lesquelles elle discute puis remet chaque dossier sur une sorte de chariot pour reclassement. Une dame manifestant de la nervosité attend dans la salle d'attente. Nathalie sort avec le dossier de la dame.

- Madame Martin?

La dame se lève. Elles se serrent la main et entrent dans le bureau.

- Comment allezvous?

- Pas bien du tout.

Madame Martin sort une lettre de sa sacoche.

- J'ai pris une journée de congé pour avoir votre avis là-dessus.

Nathalie prend la lettre et commence à la lire.

- Qu'est-ce que c'est que cette histoire!

- Ils augmentent la pension que nous devons payer mon mari et moi pour notre fils.

- C'est ce que je vois. Encore des coupures budgétaires. Le montant est assez important. Vous êtes capable de l'absorber à vous deux?

- Je pense que oui. Le problème, c'est combien de temps nous allons être deux pour le payer.

- Qu'est-ce que vous voulez dire?

- Vous savez ce que c'est. Si l'enfant est bien, c'est la faute du mari. Mais, s'il est autistique, c'est nous, les mères, qui avons mal fait quelque chose.

- Hein! Il sait que c'est une maladie? Qu'on ne sait pas encore si c'est génétique? Qu'il y a quelques indices qui pointent vers un problème d'alimentation et de bactéries du système digestif? Que donc vous n'avez rien à voir là-dedans ou alors qu'il est aussi impliqué que vous?

- Il le sait intellectuellement. Émotivement, c'est une autre affaire. Ça fait des flammèches à la maison et ma fille s'en ressent.

- Ça, je peux le comprendre. Ses résultats scolaires sont stables?

- Oui. Mais je ne sais pas combien de temps cela va durer.

- Si vous êtes ici, c'est que la négociation est ardue.

- Pire que cela. Il semble bloqué. Nous tournons en rond depuis quelques semaines. Il refuse de payer.

- Il va se retrouver avec votre fils. Il en est conscient.

- Je ne cesse de le lui répéter. Il me répond que si notre fils entre dans la maison, lui il en sort.

Nathalie reste estomaquée un moment.

- Aidez-moi!
- Bien sûr! Euh! Vous avez essayé la conciliation?
- Oui. Mais nos moyens ne sont pas illimités. Nous pouvons payer soit la consultation, soit le surplus de frais.
- Vous pensez qu'il me recevrait?
- Peut-être.
- Est-ce que je peux le voir demain soir?
- Il faudrait me laisser le temps de le préparer. Après demain?
- Oui, ça peut se faire. J'ai très envie de lui dire deux mots. Je vais essayer de jouer le rôle de conciliatrice. Ne vous fier pas à mon ton. Je n'empirerai pas la situation.
- Je vous fais confiance pour ça. Merci!

Madame Martin sort et Nathalie met des notes à son dossier et aussi à son agenda. Elle prend le temps de se calmer avant de prendre un autre dossier et d'appeler la personne suivante.

La journée de travail terminée, Nathalie retourne chez elle. Elle est dans un fauteuil en train de siroter un verre de vin blanc pendant que Nicole s'active en papotant dans la cuisine. Nathalie est perdue dans ses pensées.

- Eh! Oh! Tu m'écoutes? s'impatiente Nicole.
- Non, pas vraiment.
- Dure journée?
- La routine habituelle, excepté pour un cas.

Nathalie donne un résumé de l'entretien avec Madame Martin sans nommer de personnes.

- Hum! Pas facile. Je t'accompagne après-demain. C'est ma journée au CLSC. Donc, nous allons économiser sur l'essence en ne prenant qu'une voiture et tu pourras penser à tes arguments.
- Merci.

Elles restent songeuses un moment. Puis Nicole se met à rire.

- Qu'est-ce qu'il y a de drôle?
- Pose ton verre de vin et je te le dis.

Nathalie s'exécute.

- Je pensais aux drôles d'idées qui passent par la tête des gens. J'en ai eu un exemple aujourd'hui. On ne m'a pas laissé approcher, mais le docteur m'a raconté. Un jeune ado a demandé à ses frères plus vieux l'effet que cela faisait de faire l'amour à une femme. Ils lui ont répondu qu'il en aurait une idée en utilisant une vieille bouteille de lait. Il en a trouvé une.

- Et il a essayé?

- Oui. Et tout était bloqué. Alors, ils nous ont appelés. Il ne nous restait plus qu'à casser la bouteille pour libérer l'ado. Je n'ai pas été conviée à participer.

Nathalie se tord de rire et tombe en bas du sofa. Nicole se met à rire aussi.

Le lendemain soir après la journée de travail, Nathalie sonne à la porte et Madame Martin la fait entrer. Elles passent au salon où Monsieur Martin les attend.

- Ma femme me dit que vous voulez arranger les choses?

- Je veux essayer.

- Pour moi, c'est simple. Payez le surplus.

- Je suis plus ici pour essayer de concilier les points de vue.

- Il n'y a rien à concilier. J'ai passé assez de temps à me sentir coupable. Je veux maintenant m'amuser. Je m'aperçois que la vie est courte. Je veux en profiter.

- Mais vous savez que cela veut dire qu'ils vont vous remettre votre fils si vous ne payez pas le surplus.

- Non. Je ne le reprendrai pas ici. Si vous n'avez rien de mieux à me dire, vous pouvez vous en aller.

- Il y a sûrement quelque chose que nous pourrions mettre au point.

- Je n'accepte qu'une chose : vous vous arrangez pour qu'il le garde sans que ça me coûte une cent de plus.

- Monsieur Martin, je n'ai pas le pouvoir de faire ça.

- D'accord.

Il se lève.

- Je suis décidé. Je reviendrai prendre mes affaires plus tard.

- Tu ne vas pas me laisser tomber comme ça? demande Mme Martin sur un ton de panique. Est-ce que je compte un peu pour toi? Est-ce que je ne t'ai pas soutenu quand ça allait mal? Pourquoi tu es si chien avec moi?

- Ma vie a un autre sens maintenant.

Et il quitte la maison. Nathalie est estomaquée. Madame Martin s'écroule en pleurant. Nathalie la console du mieux qu'elle peut en regardant la porte. Après un moment, la porte s'ouvre et Nicole entre.

- À la vitesse dont il est sorti, je me suis dit que cela s'était mal passé.

- Assez oui.

- Elle ne devrait pas rester seule ce soir.

- Je peux appeler une amie Madame Martin?

Madame Martin lui donne quelques indications. Nathalie va appeler pendant que Nicole prend Madame Martin dans ses bras.

Le lendemain matin, Nathalie se rend à l'institution où est hospitalisé le fils de Mme Martin pour y rencontrer une commis d'administration. Cette dernière la fait entrer dans son bureau.

- C'est à quel sujet?

- C'est au sujet de Rodrigue Martin.

- Ça me dit quelque chose. J'ai son dossier ici. Plutôt là. Oui, voilà. Nous demandons aux parents de contribuer un peu plus.

- Je sais. J'ai vu la lettre. Je me demandais si cela ne pouvait pas attendre un peu. Les parents viennent de se séparer. C'est déjà un choc. Si vous retournez Rodrigue maintenant, cela va en faire un deuxième.

- Je comprends tout à fait et j'aimerais bien faire quelque chose, mais ...

- Mais la procédure est la procédure. Je l'ai entendu souvent celle-là.

- Je suis désolée de la situation.

- Vous savez quoi? Je vais faire semblant de vous croire.

Nathalie se lève et sort de la pièce. Elle sort de l'institution et remonte dans sa voiture. Elle se rend au palais de justice où elle a déjà pris rendez-vous avec Dominique, la juge pour enfant. Elle se dirige vers son bureau où elle est rapidement reçue.

Nathalie est assise dans un fauteuil et Dominique marche de long en large en lisant un dossier. Elle le referme.

- Il n'y a aucune preuve qu'il est dangereux dans le dossier.

- Mais c'est vous qui l'aviez mentionné lors de l'enquête quand il était plus jeune.

- Oui, répond-elle en agitant le dossier. Et je m'en souviens très bien. Seulement, ce n'est pas dans le dossier parce que nous avions des doutes sérieux, mais ce n'était que des doutes. Ces doutes-là ont disparu dans la formulation écrite du dossier. Il y a une neutralité agaçante dans l'écrit et on ne peut pas s'en servir.

- Il doit bien y avoir une autre solution.

- Peut-être qu'une injonction. Nous devrions voir cela avec Jacques. Il est plus au courant de l'actualité juridique.

Dominique téléphone à Jacques et lui demande d'urgence un rendez-vous. Ce dernier accepte. Nathalie et elle se rendent au bureau de Jacques. Dominique explique la situation et montre le dossier à Jacques. Jacques retire ses lunettes en poussant un soupir.

- Il n'y a rien que je puisse faire ou qu'un autre juge puisse faire. Il s'agit dans ce cas-ci d'une loi cadre et, dans ce cas, les procédures qui s'appliquent sont déterminées par règlements. Ils ont force de loi parce que la loi cadre donne ce pouvoir aux règlements. Aucun juge ne peut changer les règlements ni émettre une injonction allant à l'encontre des règlements. Il y a bien quelques exceptions, mais elles ne s'appliquent pas dans ce cas.

- Mais c'est injuste.

- Je suis d'accord avec vous. Le problème, c'est que c'est maintenant du ressort des tribunaux administratifs.

- Qui sont dirigés par l'administration qui émet les règlements.
- Apparemment, dit-il avec un geste d'impuissance. C'est quand même assez nouveau ici et il va peut-être y avoir des ajustements au fil du temps. Je suis désolé.

Nathalie remercie et sort du bureau avec Dominique. Elles ont l'air découragées.

Mme Martin est à son travail et entre des chiffres à l'ordinateur quand le téléphone sonne. Elle répond et tente de calmer sa fille qui panique à

la suite d'une crise de Rodrigue. Elle lui dit qu'elle arrive. Elle arrête le programme et rassemble ses affaires. Son patron entre dans le bureau.

- Qu'est-ce que vous faites?
- J'ai une urgence à la maison.
- C'est la troisième fois ce mois-ci. C'est trop. Prenez vos affaires personnelles.
- Mais c'est une urgence familiale!
- Je ne veux pas le savoir. Quand vous entrez au travail, votre vie familiale n'est plus censée exister.
- Je vais aller aux normes!
- Si vous voulez! Libérez quand même la place.

Madame Martin rassemble ses affaires et sort. Elle se rend chez elle et réussit à calmer Rodrigue. Elle appelle ensuite Nathalie et lui explique ce qui vient d'arriver. Elle raccroche. Après un moment, Nathalie et Nicole se présentent chez elle. Madame Martin laisse la garde de Rodrigue à Nicole et sort avec Nathalie. Elles se rendent dans un immeuble du centre-ville qui abrite les bureaux de la Commission des normes du travail. Ils remplissent un formulaire et le remettent à la réception. Elles vont ensuite dans la salle d'attente.

Céline est assise à son bureau en train de lire un dossier. Elle se lève et ouvre la porte qui donne sur la salle d'attente.

- Madame Martin!

Mme Martin entre avec Nathalie. Céline fait remarquer que le dossier est confidentiel. Mme Martin précise qu'elle a besoin de Nathalie et qu'elle ne voit pas d'inconvénient à ce qu'elle soit au courant.

- D'accord. Asseyez-vous.

Quand elles sont assises, Céline montre le dossier.

- Je dois vous dire que vos chances sont minces et que cela peut être long. En principe, il ne devrait pas pouvoir vous mettre à la porte pour une urgence familiale. Il faut le prouver devant un tribunal et c'est là que ça bloque. Sa parole contre la vôtre.

- J'ai quand même des témoins.

- Ça joue pour vous. Ils peuvent aussi avoir peur.

- Donc vous baissez les bras?

- Je ne baisserai jamais plus les bras. Quand j'en aurai fini avec lui, il va savoir la définition du mot harcèlement. Je veux simplement vous prévenir pour que vous n'ayez pas d'attentes trop élevées.

- D'accord. Merci beaucoup.

Elles se serrent la main et sortent.

Le lendemain, Nathalie retourne à l'institution où était hospitalisé le fils de Mme Martin pour rencontrer à nouveau la fonctionnaire.

- Que puis-je pour vous? lui dit-elle.

- J'aimerais savoir ce que dit la procédure quand le retour d'un patient chez ses parents détruit la vie de ceux-ci.

- Je me souviens de vous. Vous ne m'avez pas crue quand je vous disais que j'étais désolée.

- Exact.

- Pourtant je l'étais. Qu'est-ce qui est arrivé?

Nathalie raconte un peu tous les problèmes rencontrés par Mme Martin.

- Et maintenant qu'allez-vous faire?

- Je ne peux rien faire pour le moment. Par contre, je vais

prendre le temps de faire un rapport et de me battre du mieux que je peux. Je ne peux vous donner de garanties pour les résultats.

- C'est déjà ça. Bonne journée!

Nathalie sort et la fonctionnaire commence à mettre des notes sur une feuille. Elle met cette feuille dans une chemise qu'elle étiquette. Puis elle retourne à la pile de dossiers urgents qu'elle a à traiter. Dès qu'elle a une pause, elle commence la rédaction du rapport. Elle fait même attendre quelques tâches non urgentes pour y mettre du temps.

Plusieurs semaines passent. Mme Martin n'a toujours pas trouvé de travail et elle est toujours en recherche. En même temps, son fils lui demande aussi beaucoup d'attention. Un jour, elle se déplace sur la rue avec Rodrigue. Soudainement, Rodrigue saute sur un passant et se met à le tabasser. Mme Martin essaye de l'arrêter. Après un certain temps, Rodrigue lâche le passant et s'enfuit. Elle se lance alors à sa poursuite. Un attroupement se forme. Une voiture de police est dépêchée sur les lieux. C'est Normand et Pierre qui l'occupent. La voiture de Normand et Pierre s'arrête près de l'attroupement. Ils sont suivis peu après par l'ambulance d'Yvan et Léon. Normand disperse les gens pendant que Pierre prend le témoignage de la victime.

Nathalie, qui ne se doute de rien, prend des dossiers et s'apprête à retourner à son bureau. Jean, l'inspecteur de police, l'aborde.

Nathalie Léveillée?

- Oui?

- Inspecteur Jean Dubois. On recherche un certain Rodrigue Martin qui a agressé quelqu'un. Je sais qu'il a des problèmes et que vous avez un dossier sur lui. Vous n'auriez pas une idée où il va quand il est en crise?

- Oui. Au bord de l'eau la plupart du temps. Ça le fascine.

Nathalie repose ses dossiers et va chercher sa sacoche.

- Je peux vous suivre à l'endroit où c'est arrivé?

- Oui. C'est pas comme s'il y avait un crime au fond.

Jean et Nathalie arrêtent leurs voitures et descendent. Nathalie montre la rivière des prairies en suggérant d'aller voir par là. Jean et Nathalie arrivent sur le bord de la rivière. Ils aperçoivent Mme Martin qui tient la tête de son fils sous l'eau. Ils se précipitent pour libérer Rodrigue. Mme Martin a l'air complètement zombie. Jean demande de l'aide avec son cellulaire et commence à tenter de réanimer Rodrigue. Peu de temps après, Yvan et Léon arrivent dans leur ambulance suivie de la voiture de supervision conduite par Nicole. Malgré tous les efforts, personne ne parvient à réanimer Rodrigue. Pierre et Normand arrivent et emmènent Mme Martin. Jean leur fait signe d'oublier les menottes. Nathalie est assise par terre et se tient la tête à deux mains en pleurant. Nicole s'approche.

- Tu sais ce qui me choque le plus? C'est qu'on aurait pu payer pour du positif : garder son fils, l'aider à garder son travail, par exemple. Là, il va falloir payer pour du négatif : la prison, les avocats, les spécialistes de réinsertion, en plus du fait que sa vie est brisée. Vraiment, la société aime payer pour le négatif. Ça lui coûte trois ou quatre fois plus cher, mais, pour eux, c'est ce qui est le mieux à faire. Ils sont complètement fous.

- Je suis d'accord avec toi. Elle lui tend la main. Je ne sais pas pour toi, mais moi, je trouverais immoral de la laisser tomber maintenant. Je ne sais pas encore ce que je peux faire pour l'aider, mais je veux essayer. Tu veux me donner un coup de main?

Nathalie la regarde. Elle essuie ses yeux et prend la main de Nicole pour s'aider à se relever.

- Certain que je vais te donner un coup de main.

Elles font quelques pas.

- Tu sais que je t'aime toi? déclare-t-elle à Nicole en esquissant un sourire.

- J'espère bien parce que moi aussi je t'aime.

El Mektoub

Nous sommes le soir en automne près d'une école. Robert et Jacques arrivent en voiture et se stationnent. Ils descendent et se dirigent vers une entrée qui est éclairée. Une pancarte annonce une soirée de poésie médiévale.

- Tu es sûr de vouloir entrer là? demande Robert.
- Oui, ça pique ma curiosité.
- Je ne vois pas pourquoi.
- La poésie exprime le ressenti des gens. Les gens de cette époque avaient aussi un sens de la justice. Ce qui est juste n'est pas une question de logique, mais de ressenti. Et je veux savoir comment il percevait ce qui est juste ou injuste.
- Et tu passes par la poésie pour le savoir? dit Robert d'un ton dubitatif.
- En partie. N'oublie pas que l'on parle de sentiments d'injustice.
- Je ne suis vraiment pas sûr de comprendre.

Ils entrent dans l'école. Jacques et Robert avancent dans le couloir tout en discutant de l'analyse que l'on peut faire de la poésie. Ils arrivent au vestiaire et remettent leur manteau aux étudiants. Ils entrent ensuite dans la salle. Une étudiante leur offre des rafraîchissements. Il y a un buffet où les gens se servent. Il y a des groupes dans différents endroits. Un de ces groupes est constitué de Pierre, Hélène, Chantale, Jean-Louis et Michel. Une femme s'aperçoit que Jacques vient d'entrer; elle s'excuse auprès de ceux à qui elle parle puis se dirige vers Jacques.

- Oh! Oh! Missile en vue, s'exclame Robert.
- Qu'est-ce que tu veux dire?
- Une de tes ex s'en vient par ici.

Jacques se retourne et aperçoit la dame.

- Oh non, pas elle!
- Mais qu'est-ce que tu lui as fait pour réagir de même?
- Un enfant.

Robert avale de travers.

- J'ai encore des choses à apprendre sur toi.

Jacques lui fait signe de rester tranquille. La dame s'approche.

- Jacques! Comme ça fait longtemps qu'on s'est vus!
- Sonia, je te présente Robert.

Robert tend la main, mais Sonia l'ignore en faisant celle qui n'a rien entendu.

- C'est parce que tu les prends plus jeunes que tu refuses d'augmenter la pension?

Jacques devient rouge de colère contenue. Robert se sent gêné.

- Mettons les points sur les i. Je te verse l'équivalent de 30 $ l'heure, impôt déduit. C'est l'équivalent du tiers de mon salaire. Il y a des gens qui parviennent à élever plusieurs enfants avec beaucoup moins.

Michel s'approche avec Hélène pendant que Robert retient Jacques.

- Madame Poudrier! Quel plaisir de vous voir ce soir. Vous savez que votre fille a permis à sa classe de remporter le prix de la meilleure décoration? Hélène est-ce que tu veux montrer la classe à Mme Poudrier?
- Bien sûr!
- Vous pouvez m'appeler Sonia.

Elles s'éloignent toutes les deux en bavardant. Michel attend un peu que Jacques reprenne son calme.

- Je crois que j'avais raison de l'appeler missile, lâche Robert dans un soupir avec un petit sourire. Est-ce que je peux voir de quoi a l'air cette jeune fille?

- Qui te dit que c'est une fille?

- Elle est porc-épic. Elle ne doit donc pas avoir beaucoup d'enfants et monsieur vient de parler de sa fille.

- C'est elle. Je ne connais pas le morveux qui est avec elle.

- Ah! T'en fais pas. C'est mon fils.

Jacques avale de travers.

- Excuse-moi.

- Ben non. Après lui avoir parlé, tu ne diras plus ça de lui.

- J'ai aussi une fille, intervient Michel, et je comprends votre réaction. C'est elle qui vous a vendu des billets?

- Non. Madeleine, la psychologue qui travaille ici, m'a parlé de cette soirée de poésie médiévale lorsque je lui ai remis les papiers d'agrégation à titre d'expert à la cour.

- Elle vous a expliqué pourquoi c'était de la poésie médiévale?

- Elle a parlé vaguement de croisades. Je ne suis pas sûr d'avoir saisi.

- Je vais vous expliquer. Ici, nous respectons les programmes du ministère. Ces programmes-là ne sont tout de même pas suffisants pour piquer la curiosité des étudiants. J'ai eu l'idée de créer un thème pour déclencher la curiosité. Les croisades c'est vraiment l'idéal.

- Pourquoi cette période plutôt qu'une autre? interroge Robert.

- Parce que c'est pendant cette période que les instruments de musique sont réintroduits en France et que l'on redécouvre la poésie. Le premier roman Français est issu de cette période. « Le chevalier à la charrette » de Chrétien de Troyes a été commandé par Aliénor d'Aquitaine. Elle a participé à la croisade au côté de son mari.

- Je vois. Le mélange de l'orient et de l'occident par le biais de la guerre.

- Tout à fait! Même si les croisades n'était pas tout à fait une guerre au sens où nous l'entendons. Mais je vois votre hôtesse arriver. Je vais vous laisser. Passez une bonne soirée!

Michel s'éloigne pendant que Madeleine et le Dr Benoît arrivent. Ils se présentent mutuellement.

- Je suis désolée de mon retard. Je voulais vous faire visiter l'école, mais nous avons un petit problème à régler. Est-ce que vous me donnez cinq minutes pour que je pose quelques questions à mes collègues?

- Je vous en prie.

Madeleine s'éloigne. Elle va de groupes en groupes et pose une question. Les réponses sont généralement négatives.

- Est-ce trop indiscret de vous demander ce qui se passe? demande Robert au Dr Benoît.

- Ce n'est pas indiscret. Son frère devait ramasser notre courrier pendant les vacances que nous prenons. Finalement, il ne peut pas.

- Vous restez dans quel coin?

- Dans le nord de la ville.

- Les laboratoires de la Ville sont dans ce coin-là. J'y vais presqu'à tous les jours. Je peux ramasser votre courrier si vous voulez. Enfin, si vous voulez me faire confiance.

- Je viens de vous connaître, mais je vous confierais ma mère sans hésiter. Je vais aller chercher Madeleine pour lui dire que c'est réglé.

Il va retrouver Madeleine et lui explique la proposition tout en la ramenant vers Jacques et Robert. Ils échangent les informations et vont ensuite prendre place dans la salle pour écouter la poésie et la musique.

Le lendemain matin, Madeleine et le Dr Benoît mettent la dernière touche à leurs bagages. Ils ferment leurs valises. Avec le service de navette de la compagnie aérienne, ils se rendent à l'aéroport pour prendre un avion qui les conduit à un aéroport plus petit. Ils prennent ensuite un hélicoptère de transport pour une dizaine de passagers. Ce dernier les amène près d'un igloo. Le Dr Benoît et Madeleine descendent de l'hélicoptère avec les autres. Un homme avec une parka s'avance vers eux.

- Bienvenue au Nunavut et à l'hôtel traditionnel Inuit. Ici, vous pouvez être sûrs de ne pas être rattrapés par la civilisation. Le seul lien que nous avons avec la ville la plus proche est cet hélicoptère et un radio émetteur. Permettez-moi de vous présenter Gilbert Laforce qui est un organisateur hors pair. Il trouvera différentes occupations adaptées à vos goûts. Si vous voulez bien entrer pour que nous vous indiquions vos chambres.

Les gens entrent dans l'igloo. Ils sont dirigés vers leur chambre avec leurs

bagages.

Le lendemain, le Dr Benoît se réveille à l'aube comme à son habitude. Il passe dans le compartiment isolé où les clients peuvent prendre une douche chaude. Il se fait sécher les cheveux dans le même compartiment. Il se dirige ensuite vers le lit et s'assoit pour lacer ses bottes. Madeleine se met à le caresser.

- Où vas-tu?
- Nous avions prévu d'aller faire de la raquette.
- Pressé de faire de l'exercice?
- Oui et non. J'ai de l'énergie à dépenser.

Madeleine l'agrippe et l'approche d'elle.

- Je peux t'en faire dépenser encore.
- Tu es insatiable!
- Oui! Quand il s'agit de toi.

Le Dr Benoît commence à se déshabiller.

- Tu vas me mettre sur les genoux.
- C'est pas une obligation.
- Je le sais. répond-il en souriant. J'ai hâte de voir mes limites.

Ils s'embrassent et font l'amour.

Un peu plus tard, ils vont tous les deux dans le hall pour rejoindre le groupe qui doit aller faire de la raquette. Comme il n'y a personne, ils se dirigent vers Gilbert.

- Bonjour. Nous sommes un peu en retard pour la randonnée de raquette.

- Ce n'est pas grave, elle est annulée. Il y a un blizzard qui s'est levé pendant la nuit et il n'est pas conseillé de sortir. On ne voit pas à plus de 6 pieds devant soi.

- Ça veut dire que nous allons être enfermés ici pendant un certain temps? demande Madeleine.

- Les services météo parlent d'une douzaine d'heures. J'essaie de mettre sur pied des activités de remplacement.

- J'ai l'impression que quelque chose vous dérange, constate Madeleine.

- C'est vrai. Les personnes à qui j'ai parlé cherchaient un docteur. Il y a un enfant qui à une appendicite dans un village assez loin de nous et le médecin de l'endroit est mort il y a quelques semaines. Il n'a pas été remplacé.

- Ils vont envoyer un hélicoptère? s'inquiète le Dr Benoît.

- Ils ne peuvent pas à cause de la tempête. Le seul moyen d'y aller, c'est en traîneau à chiens et c'est à un peu plus de 6 heures d'ici.

- Trouvez-moi un traîneau et des chiens.

- Vous êtes notre invité. La direction ne veut pas que nous prenions de risques.

- Je suis aussi docteur et c'est ma job de sauver des vies. Dans le fond, c'est plus que ça, c'est ma vie. Si vous avez besoin que je vous signe une décharge, amenez-la moi.

- D'accord. Je vais vous trouver quelqu'un.

Gilbert s'éloigne. Madeleine regarde son mari.

- Je suis fière de toi et, en même temps, j'ai peur de ce qui pourrait t'arriver.

- Il ne faut pas.

- L'environnement que tu vas affronter n'a rien à voir avec celui auquel tu es habitué. Tu vas être désorienté.

- Peut-être, mais c'est plus fort que moi. J'ai un sentiment de confiance absolue, comme si j'étais porté par quelqu'un qui me veut du bien, que j'étais guidé.
- Je comprends. Je vais t'attendre.

Après un moment consacré aux préparatifs, le Dr Benoît rejoint Gilbert dans le hall qui le conduit près de deux attelages de chiens de traîneau. Deux Inuits l'attendent en s'occupant d'atteler les chiens.
- Voici Tom et Pierre. Ils sont tous les deux du village où l'enfant est malade. Vous ne pouvez pas avoir de meilleurs guides.

Tom et Pierre s'approchent du Dr Benoît.
- Pourquoi deux traîneaux?
- Un pour vous transporter, répond Tom. Et l'autre pour transporter la nourriture pour les chiens. Une température pareille leur demande beaucoup plus d'efforts. Si eux ne passent pas, nous ne passerons pas.

Tom et Pierre installent le Dr Benoît sur un des traîneaux et ils partent. Le blizzard réduit la visibilité. Un peu plus loin le terrain devient plus accidenté. Le traîneau transportant la nourriture pour les chiens se renverse. Pierre qui le conduit tombe dans une crevasse peu profonde. Tom s'arrête. Il court rejoindre Pierre. Il le sort de la crevasse, mais Pierre pousse un hurlement de douleur. Le Dr Benoît après s'être débarrassé des fourrures vient les rejoindre.
- On dirait qu'il a au moins une fracture du bras, dit-il en examinant l'angle bizarre du bras. Avez-vous mal ailleurs?
- Oui, à la cheville.
- Pourriez-vous nous construire rapidement un abri pour le vent? Je dois l'ausculter.

Tom acquiesce de la tête et sort son couteau à neige. Il construit rapidement un petit igloo au-dessus de son compagnon et du Dr Benoît. Il va ensuite nourrir les chiens. Dans le petit igloo, le Dr Benoît réduit la fracture du bras. Il ressort et va trouver Tom.

- Je dois lui faire une attelle. Le seul bois que nous avons est sur les traîneaux.

- Mais si nous sommes obligés de détruire un traîneau, nous n'arriverons jamais au village. Je pense que nous devrions attendre que la tempête passe.

- Si on attend, l'enfant va mourir. Je ne veux pas renoncer. Montrez-moi comment sont bâtis ces traîneaux.

Tom décharge le traîneau contenant la nourriture des chiens. Le Dr Benoît l'examine.

- Avez-vous une scie?

Tom en sort une du chargement pour les chiens et la tend au Dr Benoît. Celui-ci commence à modifier le traîneau. Tom, réalise l'idée du docteur et se met à l'aider. Il continue à solidifier l'espace de chargement du traîneau et le recharge pendant que le Dr Benoît retourne au petit igloo. Celui-ci en ressort peu de temps après avec Pierre. Il installe ce dernier sur le traîneau qu'il occupait.

Tom s'approche de lui.

- J'ai beaucoup de respect pour vous, mais il reste que nous avons toujours un problème. Qui va conduire le deuxième traîneau?

- Moi.

- Mais les chiens ne connaissent pas votre voix.

- Pierre criera à ma place. Il est blessé au bras et à la cheville. Il peut encore parler.

Ils s'installent sur les traîneaux et repartent. Le Dr Benoît ne se laisse pas distancer même quand il doit courir à côté du traîneau lorsque les chiens ont de la difficulté. Après des heures de courses et de traversées de crevasses, les chiens s'arrêtent brusquement.

- Qu'est-ce qui se passe?

- Nous sommes arrivés.

- Je ne vois rien.

- Pourtant la maison est là.

Tom commence à aider Pierre à sortir du traîneau. Le Dr Benoît vient l'aider. Ils marchent un peu et entrent dans une maison. À l'intérieur, il y a des personnes en prière dans le salon. Une table a été installée et l'enfant repose sur un drap blanc. Une personne est face à une radio. Elle écoute attentivement la voix qui en sort.

- Nous faisons du mieux que nous pouvons Tango fox-trot 45. Nous n'avons pas encore mis la main sur un urgentiste qui pourrait vous guider.

- Vous n'en avez plus besoin! Je suis là! chevrote le Dr Benoît en grelottant un peu.

Il y a un moment de remue-ménage dans la maison. On aide Pierre à s'installer sur un divan. Tom retourne s'occuper des chiens pendant que le Dr Benoît examine l'enfant et se prépare à l'opérer. L'opération terminée, le Dr Benoît s'allonge, épuisé, sur le lit de camp mis à sa disposition par les parents.

Beaucoup plus tard, le demi-jour nordique se lève. La lumière devient plus intense même si cela reste sombre.

- Bonjour! lance l'enfant.

Le Dr Benoît se réveille et cligne des yeux. Il voit l'enfant qui lui sourit. Il se lève.

- Bonjour, mon bonhomme! Comment te sens-tu?

- J'ai moins mal.

- Tant mieux!

Il l'ausculte et prend sa température.

- La température est encore un peu élevée, mais c'est relativement normal.

Le père de l'enfant s'approche du Dr Benoît.

- Les autorités vont envoyer un hélicoptère pour l'amener dans un hôpital.

Il lui sert la main.

- Merci! Je ne sais pas ce qui serait arrivé sans vous.

- Je n'ai pas fait autre chose qu'être moi, répond en souriant le Dr Benoît.

Plus tard, le Dr Benoît sort de la maison. Il trouve Tom dehors qui nourrit les chiens. Ce dernier s'interrompt et vient le voir.

- Ç'a été une sacrée ballade.
- C'est le moins qu'on puisse dire.
- Allez-vous revenir dans les environs?
- Je ne sais pas. C'est possible. Pourquoi?
- Parce que je pensais vous constituer un attelage. Vous avez un don pour ça. J'en suis convaincu.
- Merci, c'est gentil. Mais on a des motoneiges dans notre coin.
- Ah, ici aussi! Mais les chiens sont mieux quand il y a des tempêtes.
- Laissez-moi en parler à ma femme avant, d'accord?

Tom acquiesce en lui serrant la main. On entend un hélicoptère arriver. Ce dernier se pose et on y fait monter l'enfant. Le chef d'équipe vient voir le Dr Benoît.

- Vous avez pris un sacré risque en traversant la tempête.
- Je n'ai pas cette impression. Les Arabes ont une expression : « El Mektoub » qui veut dire à peu près « C'est écrit ». C'est écrit que je suis médecin et que je suis là pour guérir des gens. Rien ne m'arrêtera sauf Dieu. J'en suis profondément convaincu. Pour venir ici, il n'y avait qu'une tempête à traverser.
- Nous allons être prêts. Je vous dépose à l'hôtel igloo et j'amène le petit à l'hôpital.

Le Dr Benoît acquiesce et se dirige vers l'hélicoptère. L'hélicoptère se rend jusqu'à l'hôtel. Il se pose et le Dr Benoît en descend. Madeleine vient à sa rencontre en courant, lui saute dans les bras et l'embrasse.

Les vacances sont terminées et Madeleine et le Dr Benoît reviennent à la maison.

Ils défont leurs bagages. On entend sonner à la porte. C'est Robert et Jacques qui viennent porter le courrier accumulé.

Madeleine les invite à entrer et son mari se met à leur raconter ce qui s'est passé pendant ses vacances. Madeleine sert des rafraîchissements.

Origine

Claude et Maurice ont un étrange destin. Ils ont grandi dans le même petit village. Ils se sont rencontrés pour la première fois devant une pâtisserie qui présentait les gâteaux les plus somptueux qu'un enfant de l'époque pouvait imaginer.

- Qu'est-ce que tu regardes, demande Claude.
- Mes frères qui choisissent le gâteau de fête.
- Tu n'es pas avec eux?
- Non. Ma mère ne veut pas.
- Pourquoi?
- Elle ne m'aime pas.

Claude regarde Maurice étonné puis il se met à courir en appelant sa mère. L'ayant retrouvée, il lui saute au cou et lui demande si elle l'aime. Elle le rassure. Pendant ce temps, Maurice surveille ses frères. Quand il voit sa mère sortir son portefeuille, il s'en va pour ne pas être vu par sa mère. Il se précipite à travers champ pour arriver au cabanon où sa mère le confine. Il y entre. Maurice s'assoit sur le lit recouvert de couvertures trouées. Il surveille le retour de ses frères et sœurs. La mère de Maurice et ses frères arrivent à la maison et y entrent. Une fillette en sort peu de temps après.

- Maman, est-ce que Maurice peut venir à la fête?
- Pas question! Est-ce que tu lui as parlé?
- Non.
- Bon. Je ne veux pas le répéter tout le temps. Il n'existe pas, vous ne lui parlez pas et il a sa niche. Retourne à l'intérieur.

Maurice pousse un soupir. Il sort alors du cabanon et s'approche du ruisseau. Il observe la nature un moment, puis il fait ensuite le tour des collets qu'il a mis et trouve un lapin et un rat musqué. Il sort un canif aiguisé et entreprend de leur enlever leur peau. Il construit un feu et l'allume et les mets ensuite à griller.

Plus tard, Maurice se rend à la ferme du père Giroux. Il s'approche de la ferme en venant des terres. Il s'annonce en criant. Un chien vient joyeusement à sa rencontre. Ils font le reste du chemin ensemble.

- Ohé, père Giroux!
- Ah, Maurice! Encore passé la nuit dehors?
- J'ai relevé les collets et j'ai attrapé un lapin.
- Bravo! Est-ce que la fourrure était unie?
- Euh! Oui.
- Et tu l'as gardée?
- Non, je ne savais pas quoi en faire.
- Passe me voir après l'école et je te montrerai comment préserver la fourrure. Tu pourras la vendre la prochaine fois.

On entend une vache meugler. M. Giroux sort un peu d'argent de sa poche et le donne à Maurice.

- Il ne faut pas trop faire attendre les vaches.

Maurice entre dans l'étable et va traire les vaches. Pendant ce temps, la mère de Maurice sort de la maison avec un paquet de vêtements disparates. Elle va à la porte du cabanon et jette le tas dans l'entrée.

- Il jettera ce qu'il ne veut pas.

Elle referme et retourne à la maison.

Plus tard, dans une école de campagne, un professeur sort les copies d'un travail.

- Il semblerait que la famille St-Amand ait décidé de nous impressionner. Maurice en ayant la meilleure note et Stéphane en ayant la pire, dit-il en regardant Stéphane. On dirait que tu te prépares à doubler une autre année. Tu n'as jamais pensé à demander l'aide de ton frère?

- Ma mère ne veut pas que nous lui parlions.

Le professeur regarde Stéphane un moment en se demandant ce qu'il pourrait dire. Il hausse les épaules et distribue les copies.

Après l'école, Maurice se rend à la ferme du père Giroux. Il trait les vaches et ensuite M. Giroux l'amène à la pêche. Ils y vont à pied et prennent la chaloupe pour aller sur la rivière qui longe la terre du père Giroux.

- Tu vas bientôt aller dans une autre école.
- Oui.
- Je sais que tu n'auras plus le temps de venir traire les vaches.
- Je pourrais changer d'heure.
- Toi, oui. Les vaches, non. Traire une vache, faut qu'ça soit fait au moment où on les a habituées. Autrement, elles deviennent nerveuses.

Il y a un moment de silence pendant lequel ils s'occupent de leur canne à pêche.

- Écoute. Je ne veux pas me mêler de ta situation familiale parce que ce n'est pas à moi de le faire. Par contre, je peux continuer à te donner le même montant à toutes les semaines. Ça ne me manquera pas.
- Je retiens votre offre. Je vais essayer de me débrouiller là-bas et, si j'ai un problème, je viendrai vous voir.
- Promis?
- Promis.
- Quand je pense à ton père!
- Pas trop fort, répond Maurice avec un petit sourire désabusé. Vous allez faire fuir les poissons.

Quelques mois plus tard, les cours ont recommencé et Maurice traîne près de la cuisine de sa nouvelle école. Un cuisinier fait des préparations puis sort quelques instants. Comme il n'y a plus personne, Maurice entre dans la cuisine et vole un peu de nourriture. Il vient pour sortir et se retrouve face à face avec le chef cuisinier.

- Voilà où passait la nourriture. Viens avec moi chez le directeur.

Le chef cuisinier saisit Maurice par le bras et l'entraîne avec lui au bureau du directeur qui appelle la police. Peu de temps après, une voiture de police arrive et deux policiers emmènent Maurice avec eux.

Maurice est amené devant un juge de paix qui doit déterminer si des poursuites doivent être engagées.

- Tu volais de la nourriture, constate le juge. Ta mère ne te nourrit pas?

- Non, votre Honneur.

- J'ai de la misère à le croire. Je peux aller le demander à ta mère?

- Quand vous voulez.

- On va aller voir ça ensemble. Je suis sûr qu'elle n'est pas aussi pire que ça.

Maurice a un petit geste fataliste. Le juge se lève et sort de la pièce en faisant signe à Maurice de le suivre.

Un peu plus tard, le juge arrive dans sa voiture devant la maison de la mère de Maurice. Une voiture de patrouille le suit. Il descend de voiture et les policiers font descendre Maurice. Le juge se présente à la porte de la mère de Maurice. Il sonne. La mère répond.

- Bonjour, Mme St-Amand. Votre fils a été surpris à voler de la nourriture.

- Je le sais, les autres me l'ont dit. Enfermez-le, faites-en ce que vous voulez, pourvu qu'il disparaisse de ma vie. C'est un vaurien.

Elle jette au pied du juge un paquet de vêtements et referme la porte. Le juge reste surpris un moment puis il se met à cogner à la porte en appelant la mère. Il est bientôt aidé par les policiers qui accompagnaient Maurice. La mère de Maurice ferme ostensiblement les stores. Après un moment, un policier demande au juge ce qu'ils vont faire. Le juge se passe la main dans les cheveux. Il revient près de Maurice. Il fait signe au policier de lui enlever les menottes.

- J'ai deux nouvelles. Un, il n'y aura pas de poursuite. Deux, je vais te trouver une autre place où rester. Ça ne peut pas être pire qu'ici.

Ils repartent tous, en laissant le paquet de vêtements sur la galerie.

Le juge fait des recherches et trouve la sœur de la mère de Maurice. Il fait quelques visites et parvient à une entente. Pendant ce temps, Maurice est gardé au poste de police même si on ne barre pas la porte de sa cellule. Un jour, une greffière vient le chercher et l'accompagne chez la sœur de la mère de Maurice. Le mari de cette dernière signe les papiers apportés par la greffière pendant qu'elle examine la pièce.

- Vous laissez vos armes contre le mur? constate la greffière. Ce n'est pas dangereux?

- Il n'y a jamais eu de problèmes avant.

- Maintenant, vous allez avoir un enfant. Il faudrait prendre certaines précautions.

- Ne vous inquiétez pas, je vais les prendre.

Quand les papiers sont tous signés, la greffière s'en va. L'oncle de Maurice fait signe à sa femme d'approcher. Il lui donne quelques billets.

- Avec ce surplus d'argent, je vais pouvoir me payer plus de bière. Va me chercher une caisse de 24 pendant que je le mets à ma main.

Il commence à enlever sa ceinture. Sa femme se dépêche de sortir. Maurice, quant à lui, reste figé ne croyant pas à ce qu'il voit. Jusqu'à ce que les coups commencent à pleuvoir sur lui.

Plus tard, la tante de Maurice rentre du dépanneur avec la caisse de bière. L'oncle prend une bouteille et l'ouvre.

- J'ai eu du fun comme c'est pas possible. Il résiste plus que toi. Je t'offre un deal. Maintiens-le en forme et je ne te bats plus.

La tante de Maurice fait oui puis s'éclipse dans une autre pièce.

Les mois ont passé et Maurice est devenu de plus en plus renfermé. Il ne se mêle pas aux autres et n'a pas d'amis. Un jour, il trouve un chaton qui a la patte cassée. Il le soigne et lui met une attelle. Il se met à lire sur les chats et fait rapidement le tour de la bibliothèque de la nouvelle école. Comme il ne peut faire de radiographies et qu'il ne veut pas le laisser tout le temps avec l'attelle, Maurice fait des essais et un jour il est dans le jardin en train d'enlever l'attelle du chaton. Maurice le flatte tout en lui donnant du lait.

- Il faudrait pas que mon oncle te voit. Je ne sais pas ce qu'il pourrait te faire.

Une ombre apparaît. C'est l'oncle de Maurice qui est saoul.

- Voilà ce qu'il va lui faire!

Il se saisit du chaton et lui tord le cou. Il le jette ensuite au pied de Maurice en ricanant. Il s'éloigne ensuite. Maurice pleure un moment. Puis il décide de confectionner une petite boîte avec des morceaux de bois et une croix. Il y dépose le corps du chaton et commence à creuser un trou. L'oncle revient à ce moment-là et commence à engueuler et à frapper Maurice. Il lance le corps du chaton le plus loin possible. Maurice devient tout rouge et s'enfuit vers la maison. Il s'empare d'une carabine et s'assure rapidement qu'elle est chargée. Il sort de la pièce. Il vise son oncle qui se met à rire et à l'insulter. Maurice est rempli de colère et ne réfléchit plus. Il sait intuitivement que si la balle se loge entre les yeux, il n'aura plus rien à craindre et que son petit ami sera vengé. Sans rien sentir, il entend le bruit de la détonation et voit un petit trou rouge se former à l'endroit qu'il avait imaginé. Son oncle s'écroule. Il éprouve un moment de satisfaction et se rappelle sa tante qui court toujours se cacher lorsqu'il est battu. Il trouve qu'elle mérite de partager le sort de son oncle. Il entre dans la maison, la trouve et lui tire plusieurs balles. Il sort ensuite sur le perron. Il laisse tomber la carabine comme dans un rêve. L'adrénaline se dissout dans son corps. Maurice prend conscience de ce qu'il a fait et s'assoit sur les marches comme s'il venait de recevoir un coup sur la tête. es larmes lui montent aux yeux. Peu de temps après, les policiers qui ont été alertés par les voisins trouvent les deux cadavres et un enfant qui pleure.

Maurice est emmené dans une salle de tribunal où un juge traite une pile de dossiers. Il appelle l'affaire de Maurice.
- Vous n'avez même pas 15 ans, s'exclame le juge. Et vous avez tué deux adultes qui vous hébergeaient. De la vraie graine de bandit. Prison à vie.
- Votre Honneur, proteste l'avocat de la défense. Je n'ai pas eu le temps de préparer le dossier et ce n'est qu'un enfant.
- Je m'en balance. L'affaire est jugée. Affaire suivante.

Maurice est emmené à la prison du comté. Le chef des gardiens donne les cellules aux détenus qui viennent d'arriver. Parmi eux, il y a Maurice. Le chef des gardiens décide d'isoler Maurice malgré les huées des autres détenus qui se lamentent après de la chair fraîche.

Les années ont passées. Maurice a été épargné par les autres détenus. Il faut dire qu'il a trouvé le moyen de se rendre indispensable à tous. Il a poursuivi ses études et a collectionné les diplômes. C'est d'ailleurs le dernier diplôme qu'il a terminé qu'un gardien lui apporte dans une enveloppe.
- Maurice! Un autre diplôme pour toi! Qu'est-ce que tu vas faire avec tout ça?
- Le diplôme n'est pas important. C'est ce que j'ai appris pour l'obtenir qui l'est. J'aime ça apprendre.

Il va accrocher son nouveau diplôme sur un mur.

À la même époque, il y a un groupe d'étudiants qui fêtent la fin de leurs études. On y voit le Dr Benoît, sa femme Madeleine, Claude, Yvan et Léon avec leur femme. Ils portent un toast aux diplômes qu'ils viennent d'obtenir.

- Je commence mon internat à Hull la semaine prochaine, annonce le Dr Benoît.

Madeleine va développer une clientèle ici. Et vous autres, qu'est-ce que vous allez faire avec vos diplômes?

- J'ai trouvé une place de recherchiste dans un cabinet d'avocat, explique Claude, Christina aussi. Il ne nous reste plus qu'à trouver un appartement.

- Justement, nous en avons parlé Martin et moi, intervient Madeleine. Et on peut vous sous-louer notre appartement. Vous n'avez qu'à payer le dépôt de 250 $. Nous avons trouvé autre chose qui cadre mieux avec nos objectifs.

- Merci! Vous êtes des amours! s'écrie Christina.

- Et vous? continue le Dr Benoît en s'adressant à Yvan et à sa femme.

- Je ne fais pas d'internat, explique Yvan. Ils n'ont pas arrêté de nous dire que pour sauver des gens, il fallait souvent agir le plus tôt possible. Je m'en vais donc comme ambulancier. Je sais que c'est renoncer à mon diplôme final, mais je vais aider encore plus les gens comme ça.

- Moi, confie Florence, je commence à la CSST dans un département qui vient d'ouvrir. L'aide aux personnes victimes d'actes criminels.

- J'imagine que tu vas la suivre Jacinthe? suppose Madeleine.

- Non. Je vais travailler pour un organisme communautaire. C'est un peu dans le même style, mais ce sont les crimes à caractère sexuel. Cela s'appelle Cavacs et je vais faire l'éducation de ce monsieur, répond-elle en prenant le bras de Léon.

- Léon est aussi inséparable d'Yvan que le sont Jacinthe

et Florence, réfléchit tout haut le Dr Benoît. Est-ce que tu vas devenir ambulancier malgré un diplôme en psycho?

- Absolument! répond Léon. Tu imagines les chocs émotionnels après un accident? Pourquoi j'attendrais de les avoir dans un cabinet pour intervenir?

- Eh! pousse pas, dit Madeleine en l'interrompant. Moi aussi je suis psy et on ne fait pas une psychothérapie le temps d'un transport en ambulance.

- J'admets! Reste que je peux atténuer le choc et faire les premiers traitements. Ensuite, je te les enverrai.

Le reste de la soirée se déroule comme ça, dans une belle complicité.

Comme cela a été entendu, Claude et Christina emménagent dans l'appartement occupé par le docteur Benoît et Madeleine pendant leurs études. Le temps passe et, comme Claude est un avocat de talent, il parvient à se faire une place dans le cabinet d'avocats où il a été engagé comme recherchiste.

- Chérie! Je suis en retard parce que j'ai été retenu au bureau.

- Une secrétaire blonde je suppose ...

- Ben non. Je n'ai aucune intention de te tromper. J'ai eu une promotion.

- Avec une augmentation de salaire?

- Oui, et nous allons pouvoir avoir un plus grand appartement.

- Et agrandir la famille!

Ils s'embrassent, enthousiastes.

Claude et Christina se trouvent un autre appartement. Comme ils ont donné un dépôt sur celui qu'ils quittent, Christina essaie de le récupérer. Elle téléphone au contentieux où on lui répond :

- Bonjour. Pourrais-je avoir votre numéro de dossier?

- Oui, c'est le B-467.

- Un moment.

Comme le téléphone est mal fermé, elle entend la femme qui

lui a répondu discuter avec un homme. Elle donne le numéro de dossier et l'homme répond que cela fait longtemps que ça traîne et qu'il ne veut pas embêter le patron avec ça et qu'il est en train d'effacer le dossier de la base de donnée.

Christina est enragée, mais elle se contient.

- Désolée Madame, je ne trouve pas le dossier. Il va falloir que j'en parle à mon supérieur. Pouvez-vous nous envoyer les détails par la poste?

- Bien sûr. Je connais l'adresse, vous n'avez pas besoin de me la répéter.

Elle raccroche sèchement. Elle va retrouver Claude.

- Claude! Ils viennent de nous effacer de leur système informatique!

Claude lève les yeux du document qu'il était en train de lire.

- Qui vient de faire ça?

- Le trust qui détient le bloc appartements où on a fait un dépôt remboursable. L'ancien appartement de Martin et Madeleine, tu te souviens?

- Ah oui! Ce n'était qu'un dépôt de 250 $. Il ne va pas nous manquer.

- Ce n'est pas pour l'argent. C'est pour le principe.

- Tu as raison, dit-il en souriant. Tout incompétent a besoin d'une leçon. Laisse-moi un peu de temps pour y penser. »

Claude entreprend toutes les démarches juridiques requises et envoie des copies au trust qui est le propriétaire de l'immeuble où se trouve l'appartement qu'ils occupaient et pour lequel ils ont versé un dépôt. Les enveloppes sont identifiées au numéro de dossier. Comme le dossier est effacé du serveur informatique, tous les avis sont mis à la poubelle.

Quelques mois plus tard, Christina et Claude entrent dans un édifice et se dirigent vers une salle.

- Tu as tous les papiers? s'inquiète Christina.

- Oui. J'ai tous les accusés de réception, les extraits de

jurisprudence pour le cas où le vendeur n'a pas exprimé de réserve lors d'une vente aux enchères et les dates de publication de la vente à l'encan.

- Alors, on devrait être corrects jusqu'à ce qu'ils nous poursuivent.

- S'ils nous poursuivent, ils nous reconnaissent comme propriétaire du bloc du même coup.

- J'aime l'idée.

Ils entrent dans la salle.

Claude et Christina se retrouvent seuls dans la salle avec le commissaire priseur. Ce dernier attend le temps requis et ouvre la vente. Il explique que l'immeuble d'une valeur de 5 millions de dollars va être vendu pour payer une dette de 250 $. Comme Claude et Christina sont les seuls à faire une offre, le commissaire n'a pas d'autre choix que de l'accepter. En guise de paiement, Claude remet le formulaire de dépôt mentionnant le 250 $ remboursable et fait un reçu pour la même somme. Le commissaire constate l'annulation de la dette de 250 $ tel que prescrit par la loi. Ils finalisent les papiers. Claude et Christina vont ensuite fêter l'évènement dans un grand restaurant.

Pendant ce temps, Maurice est toujours en prison. Il demande un gardien. Après un certain temps, un gardien se présente à la cellule de Maurice.

- Qu'est-ce que tu veux?

- Je lis ici que j'ai le droit de consulter un psychologue.

- Oui.

- Je n'en ai jamais vu un depuis que je suis ici et j'en ressens le besoin.

- C'est vrai. Je vais en parler au directeur.

Le gardien va en parler au directeur qui est relativement nouveau. Il ne connaît pas Maurice. Il reconnaît que c'est une procédure standard et donne son accord. Le bureau qui s'occupe de ce service fait appel à Madeleine, la femme du Dr Benoît. Ils conviennent de faire les consultations au cabinet de Madeleine puisque Maurice est considéré comme non violent. Madeleine ouvre sa porte et Maurice entre suivi d'un gardien. Elle demande au gardien de lui enlever les menottes. Le gardien s'exécute et sort. Madeleine et Maurice s'assoient et il commence à raconter son histoire pendant que Madeleine prend des notes.

Quelques temps plus tard, Claude se retrouve devant le juge Falardeau. Le propriétaire de l'immeuble de 5 millions que Claude a obtenu pour 250 $ a fait l'erreur de le poursuivre. Jacques est assis devant une pile de dossiers. Il en prend un.

- Affaire FB-440-25!

Claude et un autre avocat se mettent de chaque côté d'une table.

- Accusation de fraude contre Me Lafarge.

- Oui, votre Honneur. Il a obtenu une vente aux enchères sans en informer mon client.

- Votre Honneur, dit Claude, vous trouverez toute la correspondance y compris le numéro de dossier créé par le client de mon collègue et qu'il voudrait réfuter.

Jacques examine le dossier et lit attentivement les pièces. Il prend quelques notes sur un calepin. Il enlève ensuite ses lunettes.

- Effectivement, il y a fraude.

Moment de silence pendant que Claude a l'air surpris et que l'avocat du trust est souriant.

- Me Lafarge est légalement le propriétaire de l'immeuble depuis un an et demi, continue Jacques. Pendant ce temps, votre client, Maître, a continué à percevoir les loyers. C'est là la fraude. Vous avez 30 jours pour rembourser les loyers à Me Lafarge. Affaire suivante.

Jacques ferme le dossier et en ouvre un autre. Claude et Christina sortent de la salle d'audience avec un air de contentement qui fait plaisir à voir. Madeleine qui les attendait les aborde et leur demande s'ils veulent bien lire un cas dont elle s'occupe. Ils acceptent. Ils se rendent au bureau de Claude et vont dans la salle de conférence. Claude et Christina lisent le dossier. Claude finit de le lire et passe la dernière feuille à Christina. Il attend qu'elle ait finit de lire.

- Je pense, dit Claude d'un ton pensif, que la meilleure utilisation que je puisse faire des millions qui viennent de me tomber du ciel, c'est d'aider les personnes qui ont besoin d'un avocat, mais qui ne peuvent s'en payer un. Comme dans ce cas-ci.

Christina réfléchit un court moment.

- C'est redonner à la source dans le fond. Je suis à 100 % derrière toi.

- Madeleine, je vais m'occuper de son dossier. Gratuitement.

- Merci!

Claude tient sa promesse et se démène comme un beau diable pour obtenir la cassation du jugement sur le cas de Maurice. Il parvient à obtenir une révision et Jacques est affecté au dossier. Jacques est assis dans son bureau avec Maurice, Claude et Madeleine. Ghislaine introduit Lucie. Jacques l'invite à s'asseoir et lui demande de lire un dossier qu'il lui remet. Elle le fait. Quand elle a fini, elle se tourne vers Maurice.

- Vous êtes Maurice?

- Oui.

- Je suis désolée de ce que l'on vous a fait.

- Je vais casser le jugement, explique Jacques, à cause des erreurs de droit qu'il y a dans ce dossier. Je voudrais savoir si le bureau du procureur va demander un nouveau procès. Je suis prêt à fixer une audience.

- Je m'engage personnellement à ce qu'il n'y en ait pas. Vous me connaissez, je suis prête à tout pour faire enfermer des criminels. Ici, on a une victime qui s'est défendue. Vous avez ma parole que cela n'ira pas plus loin.

Jacques approuve de la tête et signe un papier qu'il remet à Claude.

Plus tard, Maurice, Claude et Christina sont devant la porte d'un commerce. Claude remet une enveloppe à Maurice.

- Voici les papiers légaux et voici les clefs. Vous voilà propriétaire d'un magasin d'ordinateurs.

- Grâce à vous.

- Je suis sûr que vous allez pouvoir racheter ma participation dans quelques temps.

- J'ai quelque chose d'autre pour vous, dit Christina à son tour.

Elle lui remet un chaton. Maurice le prend délicatement.

- Il ressemble au copain de mon enfance.

Il le caresse un moment puis il s'essuie les yeux.

- Je m'excuse, j'ai une poussière dans l'oeil.

- Moi aussi, avoue Claude.

- Ça doit être contagieux parce que moi aussi, ajoute Christina.

Ils se regardent un moment puis ils partent à rire.

Dame de la nuit

Laura vient de coucher ses enfants et Maurice prépare une collation. Elle est toujours étonnée de se retrouver dans cette situation et refait le fil des événements qui l'ont amenée là. Elle ne déteste pas ce qui lui arrive, ni comment c'est arrivé.

Laura se prépare du pop-corn. Elle se dirige ensuite vers le salon pour écouter une émission de télé. Elle s'installe et le téléphone sonne. Elle vérifie le nom de l'appelant sur l'afficheur. Elle hausse les épaules et continue à regarder son émission. Le répondeur s'enclenche et une femme parle en sanglotant.

- Laura! C'est moi, Rita. J'ai besoin d'un coup de main. Je ne sais vraiment pas vers qui me tourner. Je sais que tu es là.

Laura décroche.

- Qu'est-ce qui se passe?

- Stéphane vient de me filer une raclée.

- Il trouve que tu ne gagnes pas assez?

- Oui. Mais cette fois-ci, j'en ai assez. Je veux que tu me guides.

- D'accord. On se retrouve « Chez Mo Mo » dans 15 minutes.

Elles raccrochent. Laura ferme sa télé et se prépare pour sortir. Elle vérifie que tout est correct et sort.

Plus tard, au restaurant, Laura est assise à une table avec Rita. Elles discutent devant un café.

- Je te trouve tellement forte.

- Pas plus que toi. Je me suis aperçu que les gens se foutaient de savoir ce que j'étais. Ils ne voyaient que la belle fille et ne payaient rien ou presque et ne voulaient que la beauté. Je me suis dis que, dans une situation comme ça, il valait mieux les faire payer le gros prix.

- Oui. Mais tu n'as jamais eu peur?

- Rita! C'est en utilisant la peur qu'on essaye de nous faire faire n'importe quoi. J'ai eu peur des fois. Je me suis arrangée pour que ce qui m'a fait peur ne se reproduise plus. Maintenant, quand je vais avec un client, je contrôle la situation, les gains sont à moi et je ne prends que ce que j'ai besoin. Tu peux faire la même chose. Tu es maître de ta vie au fond.

- Tu as raison. Par quoi je commence?

- Par te faire confiance.

Laura retourne tranquillement chez elle. Elle s'imagine en mère de famille dans une maison confortable avec un bon salaire. Puis elle compare avec les boulots de serveuse offerts par les propriétaires de restaurant qui lui demandaient d'être gentille avec eux. Elle est tirée de ses pensées par un jeune adolescent qui la bouscule et s'enfonce dans le parc. Laura vérifie rapidement que sa sacoche est toujours là puis elle se lance à la poursuite de l'adolescent. Elle l'attrape par le collet.

- Dis donc! Tu pourrais t'excuser!

L'enfant la regarde en pleurant.

- Décidément, c'est ma journée. Qu'est-ce qui peut te faire pleurer? Le ciel est clair, il est plein d'étoiles et la lune est super. Est-ce que ta mère sait que tu es dehors?

- Je suis sûr qu'elle ne le sait pas. Je crois qu'elle est morte.

- Qu'est-ce qui te fait croire ça?

- Mon père l'a étendue sur le lit et lui a mis des fleurs dans les mains. Elle était toute blanche. Il a pleuré longtemps. Puis il nous a fait monter dans la voiture en disant que nous allions rejoindre maman tous ensemble. Je n'ai pas compris la moitié de ce qu'il m'a dit. J'ai peur pour mon frère et ma soeur.

Il se jette dans les bras de Laura. Laura le calme.

- Et ton père, il est où?
- Dans cette rue, là, en train de réparer le pneu de sa voiture.
- Espérons qu'il a de la difficulté. Viens!

Elle fait demi-tour et entraîne l'enfant avec elle. Elle trouve rapidement Rita qui recherchait des clients sur la rue et la met au courant. Elle lui demande de prévenir la police puis elle repart en courant dans la direction indiquée par l'enfant. Elle arrive au moment où l'homme est en train de remonter la roue. Il s'arrête souvent pour parler tout seul. Il n'a vraiment pas l'air d'avoir toute sa tête. Laura s'approche de la voiture et regarde à l'intérieur. Il y a 2 autres enfants. Elle ouvre la portière doucement et fait descendre les enfants.

- Hey! Qu'est-ce que vous faites là?
- J'emmène vos enfants loin de vous pour les protéger!
- Ils n'ont pas besoin de vous! Je vais m'en occuper.
- En faisant quoi? Les tuer?
- Comment ça les tuer!
- J'ai parlé à votre fils. J'ai pensé un moment que c'était une mauvaise blague, mais voir les autres enfants en pyjama donne à penser que vous les avez fait lever. Leur mère est vraiment morte?
- J'ai cueilli des fleurs pour les mains de maman, explique la petite fille.
- Donc, votre fils ne m'a pas menti. Pourquoi voulez-vous faire ça?
- J'ai été élevé par un père que sa femme a abandonné. Il était absolument incapable de réussir quoi que ce soit avec moi. Je suis comme lui. Sans ma femme, je cours à l'échec.
- Et vous voulez les tuer pour éviter qu'ils souffrent?
- Exactement. Je retrouverai ma femme et je prendrai soin d'eux pour l'éternité.
- Vous êtes sûr de ça, vous?
- Oui.
- Et si vous êtes séparés pendant le passage?
- Qu'est-ce que vous voulez dire?

- C'est simple. Aux yeux de Dieu, vos enfants vont avoir été tués. Vous, le meurtrier, vous allez aller en enfer et eux au ciel. Avez-vous pensé à ça?
- Mais je le fais par bonté.
- Bonté mon oeil! Et votre femme, si elle était là, vous pensez qu'elle approuverait?

La discussion se continue dans la même veine pendant un certain temps. Léon s'approche doucement en prenant soin de ne pas être vu. Il écoute la conversation un moment puis il s'éloigne. Il retrouve Normand et Pierre près de la voiture de police ainsi que Sylvain et Paul qui sont à une petite distance d'un camion de pompiers. Ils les informe de la situation.
- Ok. Le petit ne nous a pas conté d'histoires. Pour le moment, il y a une femme qui discute avec lui et l'occupe. Il n'a pas encore totalement déconnecté de la réalité, mais ça peut arriver à tout moment. Voici ce que nous allons faire.

Pendant que l'équipe des services publics se met en place, Laura continue à discuter avec l'homme malade.
- Vous pourriez vous faire aider. Je connais pas mal de gens qui seraient prêts à vous aider. Ils m'offrent souvent de l'aide.
- Ils ne vont penser qu'à m'enfermer!
Léon s'approche le plus doucement possible et tend la main à l'homme tout en lui disant en douceur.
- Je ne chercherai pas à vous enfermer, seulement à vous aider du mieux que je le pourrai. Voulez-vous venir avec moi?
L'homme regarde Léon un moment avec un air indécis. Puis il a une grimace de rage et marche en direction de Laura en l'insultant. Pierre s'interpose.
- Les nerfs! Il n'y a pas encore de raisons que j'intervienne. Cet homme n'est pas un policier, c'est un ambulancier. Il veut juste te parler. Donne-lui une chance.
L'homme regarde Pierre un moment puis Léon qui s'approche doucement derrière lui. Il pousse un cri de rage et s'élance vers

sa voiture. Yvan, Sylvain et Normand qui avaient approché leur véhicule bloquent sa voiture. Sylvain, Paul, Normand, Pierre et Léon tentent de maîtriser l'homme qui est en plein délire pendant qu'Yvan va chercher sa trousse. Il prépare une injection de calmant et l'injecte à l'homme. Quand le calmant a fait son effet, Yvan et Léon le mettent sur une civière et le montent dans l'ambulance. Les enfants sont assis dans la voiture de police. Les portes sont ouvertes. Normand parle un moment au micro. Il regarde Laura avec admiration.

- J'ai toujours dit que tu avais un bon fond.

- Merci, répond-elle en riant. Qu'est-ce qui va arriver avec eux?

Normand lui fait signe d'attendre un moment et prend une communication radio. C'est une autre patrouille qui confirme que la mère des enfants est bien morte, apparemment des suites d'un cancer. Il se tourne vers Laura et lui répète l'information.

- Comment arrivent-ils à déterminer ça?

- La médecine légale a beaucoup évolué. J'ai entendu dire qu'en regardant les ongles d'une personne, ils peuvent savoir si sa nourriture était normale. Ils m'ont dit qu'ils ont trouvé un paquet de pilules pour le traitement du cancer.

- C'est vache pour eux. Qu'est-ce qui va leur arriver?

- Je pense que nous allons devoir les amener au poste, constate Pierre. Les personnes qui peuvent les placer ne sont pas au travail à cette heure.

- C'est pas un endroit pour un enfant. Je sais quelle allure un poste de police peut avoir à l'heure où on est rendu. En plus, c'est la pleine lune.

- La nuit des loups-garous! dit Pierre, en souriant.

- Ris pas trop, argumente Normand. C'est ces nuits-là que l'on a les cas les plus étranges et le plus d'occupations. Personne ne peut expliquer pourquoi.

Paul qui a écouté s'approche alors.

- Écoutez, ma femme et moi sommes une famille d'accueil et je crois que je pourrais les dépanner jusqu'au moment où un travailleur social pourra s'en occuper. Vous permettez que je fasse un petit téléphone?

Pierre et Normand approuvent. Paul téléphone à sa femme et ils discutent un moment pour savoir où ils pourraient caser les enfants temporairement.

- Voilà! Ma femme va tout arranger le temps qu'on se rende chez-moi.

- Je sais où c'est, précise Normand.

- Tant mieux. Je vais pouvoir retourner à la caserne. Elle vous attend. Bonne nuit!

Paul s'en retourne vers le camion de pompiers. Il y monte et ce dernier retourne à la caserne. Normand regarde Laura avec un bon sourire.

- Est-ce que tu viens avec nous?

- Absolument!

Elle prend place à l'arrière de la voiture de police avec les enfants. Ces derniers manifestent un peu d'inquiétude, mais Laura les rassure. La voiture de police s'arrête devant la maison de Paul et Pierre fait descendre tout le monde. Normand descend et guide Laura et les enfants vers la maison. Victoria Larrivée les accueille. Après quelques explications très brèves, elle les laissent entrer. Laura va aider les enfants à s'installer. Celui qui s'était sauvé de son père lui demande s'ils vont la revoir. Elle répond qu'ils se verront bientôt.

Le lendemain, Laura se présente au CLSC de son quartier et demande à voir Nathalie et personne d'autre. Nathalie devait faire une visite dans une famille d'accueil et elle revient un peu plus tard. Elle entre dans le CLSC. Nicole vient la rejoindre.

- Laura est ici et veux voir un travailleur social.

- Elle en a vu un?

- Non. J'ai pensé que tu voudrais la voir personnellement puisque tu t'occupes des enfants qu'elle a sauvés.

- Première nouvelle. Je sais que j'ai reçu un dossier prioritaire ce matin, mais je n'ai même pas eu le temps d'y jeter un œil. Comment ça se fait que tu sois au courant?

- Tout le monde en parle au CLSC.

- Et qu'est-ce qu'on dit?

- Que tu es une rapide. Ce sont les enfants recueillis par la famille Larrivée.

- Je reviens de chez eux. Bon, je prends un peu connaissance du dossier et j'irai la chercher après.

- D'accord.

Un peu plus tard, Nicole lui indique où est Laura. Nathalie va la chercher et l'amène dans son bureau.

- J'ai appris ce que tu as fait hier. J'ai pu lire une partie du dossier. Le choix de la famille de Paul Larrivée est excellent et je crois qu'ils vont rester là.

- Est-ce que je pourrai les voir?

- Ça, ça va dépendre d'un juge. Ils leur restent leur père et il faut qu'il donne une permission. Le juge doit décider si le père est apte à en donner une ou non. Sinon, cela doit être des proches.

- J'ai l'impression qu'ils n'ont personne d'autre. S'il y avait eu quelqu'un d'autre, il serait intervenu et je n'aurais pas eu à le faire. C'est un peu pour cela que je suis ici. Je veux retourner aux études et avoir un bon métier. Je crois avoir trois bonnes raisons de changer de vie.

- Ça va me faire plaisir de t'aider, répond Nathalie avec un grand sourire.

Michel, le directeur d'école accepte de recevoir Laura. Il regarde les différents papiers en rapport avec son cheminement académique.

- Si tu veux aller au CEGEP, tes mathématiques doivent être un peu plus fortes. As-tu une idée de ce que tu veux faire?

- Vaguement. Je suis restée fascinée par la rapidité qu'ont les policiers de trouver comment une personne est morte.

- La police scientifique. Hum! Hum! Ça peut se faire. Le chemin qui y mène, c'est les sciences pures. C'est encore plus difficile dans ton cas parce que cela veut dire que tu dois reprendre chimie et physique des secondaires 4 et 5.

- Je suis prête à le faire.

Michel manifeste son accord et ils discutent un peu de comment ils vont organiser les cours.

Quelques temps plus tard, Nathalie organise une rencontre avec le père. Ses recherches ont démontré qu'il était la seule famille des enfants. Elle veut voir si le père va reprendre contact avec la réalité en voyant ses enfants. Laura et Nathalie sont assises à part pendant que les enfants essaient de faire réagir leur père. Il est complètement hébété.

- Les médecins ne savent pas s'il reprendra contact avec la réalité un jour.

- C'est triste.

- Tu sembles avoir raison. Nous n'arrivons pas à trouver de parents proches.

L'enfant qui avait demandé de l'aide à Laura vient la voir l'air triste.

- J'aimerais tellement qu'ils m'aient enlevé à d'autres et que mes vrais parents viennent nous prendre tous les trois.

Laura le prend dans ses bras et lui fait un câlin.

Plus tard, Laura et Nathalie sortent de l'hôpital avec les enfants. Nathalie fait monter les enfants à l'arrière. Elle s'approche de Laura.

- Je ne te garantis rien, mais je vais essayer d'avoir une autorisation du juge pour les visites.

- Merci.

Nathalie monte dans la voiture et s'en va.

Le temps passe et les études de Laura avancent très bien. Elle devance même le programme d'étude prévu par Michel. Elle reçoit aussi quelques téléphones de Nathalie et Nicole qui l'invitent à passer à leur maison. Un jour, Nathalie fait entrer Laura alors que Maurice est en train de travailler sur l'ordinateur. Nicole s'approche et demande à Nathalie de venir avec elle choisir un article. Nathalie demande à Maurice et Laura de les attendre.

- Ça fait plusieurs fois qu'elles me demandent de venir réparer leur ordinateur alors qu'il n'y a rien.

- Et moi, elles me font venir pour me dire quelque chose. C'est drôle que cela arrive uniquement quand vous êtes là et, quand je suis arrivée, elles n'ont plus rien à me dire.

- Vous pensez à un plan de leur part?

Laura fait oui de la tête.

- Qu'est-ce que vous suggérez?

- À leur retour, on pourrait aller prendre un café ensemble?

- Pourquoi pas? Ça va être une première pour moi.

Maurice commence à conter son histoire. Laura l'écoute attentivement. Quand Nathalie et Nicole reviennent, ils vont prendre un café. Quand ils sortent, Nicole et Nathalie échangent un clin d'œil.

Maurice et Laura se fréquentent un certain temps, puis ils emménagent ensemble. Laura poursuit ses études rapidement et parvient à obtenir son diplôme universitaire. Nathalie organise une petite fête dans la famille d'accueil Larrivée. Paul, Victoria, Jacques et le capitaine Froley entourent Laura et la félicitent. Les enfants sont là ainsi que Dominique, Nathalie, Nicole et Maurice.

- Je suis contente d'avoir ce diplôme. Ce que je me demande, c'est où je vais pouvoir travailler.

- Vous pourriez travailler avec nous à la police scientifique, suggère le capitaine Froley.

- J'ai un casier judiciaire. Rien de bien grave, mais cela m'empêche d'être embauchée.

Le capitaine fait un signe de tête à Jacques. Ce dernier sort un papier de la poche intérieure de son veston.

- J'ai bien examiné votre dossier et j'ai pu obtenir un pardon complet. Voici le papier qui dit que vous n'avez plus de dossier.

- Donc, vous pourriez commencer lundi, ajoute le capitaine Froley.

- Elle va avoir besoin d'un congé familial mercredi, argumente Dominique. Pour cause d'adoption.

- Accordé!

Laura et Maurice appellent les enfants. Ils leur demandent s'ils veulent être adoptés par eux. Les enfants crient tous oui et leur sautent dans les bras.

Garde de Nuit

Jean entre dans le poste de police et se dirige vers une salle où il y a du café. Il s'en sert un. Il n'a pas l'air de bonne humeur. Lisa passe devant la salle. Elle s'arrête et puis entre pour rejoindre Jean.

- Bonjour. J'ai vu ton nom sur le tableau. C'est ton tour de garde de nuit. Est-ce que tu veux que je te remplace?

- Non, merci. Ça va aller. Le psy dit que je suis correct.

- Tu es sûr là?

- Oui. C'est gentil de l'avoir proposé.

Lisa sort de la pièce. Jean finit son mélange de café et sort à son tour. Dans le couloir, il rencontre Luc qui lui fait la même demande. Jean décline l'offre encore une fois. Jean arrive à son bureau et s'assoit. Il devient pensif. Il se rappelle sa première garde de nuit.

Jean installe sa plaque l'identifiant sur son bureau. Il est souriant.

Un policier arrive et le regarde un petit moment.

- C'est votre premier soir?

- Oui.

- Je suis désolé. J'ai un meurtre pour vous.

Il lui tend un papier.

- Ce sont les enquêtes qui m'ont amené ici. Je ne vois pas pourquoi vous seriez désolé.

Il prend le papier en souriant et sort de la salle. Il se rend sur les lieux du crime. Il y a un corps recouvert d'un drap. Des techniciens de la police scientifique prennent des photos. Un policier en uniforme guide Jean jusqu'au cadavre. Il soulève un peu le drap. Jean détourne la tête avec une grimace.

- On sait qui c'est?
- Oui, répond Simon en s'approchant. Esther Mogambo. Côte d'ivoire. Arrivée au pays il y a dix ans. Citoyenneté canadienne. Travaillait dans une grande surface à titre de gérante. Sa voiture est dans le stationnement à un coin de rue d'ici. Les traces de sang montrent qu'elle a marché jusqu'ici.
- Quelqu'un s'occupe de la voiture?
- Les techniciens la passe au peigne fin.
- Bon. Si on me cherche, je refais le parcours de la victime.
- Bien, inspecteur.

Jean est près du stationnement où l'équipe scientifique fait des prélèvements. Il choisit le même côté de rue que la victime et sonne à une porte. Un homme répond.
- Police. Inspecteur Jean Dubois, annonce-t-il en montrant son insigne. Je voudrais savoir si vous avez vu quelque chose de particulier ce soir sur la rue.
- Il me semble que oui. Entrez donc.
Jean entre. L'homme invite Jean à s'asseoir et une femme âgée vient les rejoindre. L'homme présente sa mère.
- Vous me disiez que vous avez vu quelque chose.
- Oui. Une femme noire a stationné sa voiture puis elle a remonté la rue. Un type est venu la rejoindre et ils se sont mis à crier.

Au fur et à mesure que l'homme raconte Jean imagine la scène. Il voit la victime qui se fait accoster par un homme blanc. Ce dernier tire un couteau de sa poche et se met à la poignarder. Elle se défend. Soudain on entend une fenêtre s'ouvrir et l'homme qui parlait à Jean crier.
- C'est pas bientôt fini ce boucan? On ne fait pas de scène de ménage sur la rue. Attendez pas que je descende!

Jean n'en croit pas ses oreilles.

- Vous voyez deux personnes se disputer et vous n'appelez pas la police?

- Non. De toute façon, cela avait l'air d'être fini puisque le gars est parti de son côté.

- Et vous n'avez pas été voir si quelqu'un était blessé?

- J'ai dit à mon fils qu'il ne s'attirerait que des ennuis en y allant, intervient la femme âgée. Là, je suis sûre qu'il va en avoir. Il vous a répondu.

Jean la regarde un petit moment avec un sourire un peu désabusé.

- Les gens qui ont des ennuis après m'avoir parlé c'est parce qu'ils le méritent.

Puis il se lève.

- Je vous remercie de vos informations, monsieur.

Jean continue à sonner à d'autres portes. Il n'obtient pas de renseignements. Il arrive à un endroit où d'autres techniciens font des prélèvements.

- Elle est tombée ici?

Il semblerait, inspecteur, répond un technicien. Seule l'analyse du sang va nous permettre de le dire.

Jean examine la porte qui donne sur le trottoir face à la tache de sang. Il décide de sonner. Un couple relativement âgé vient ouvrir. Jean décline son identité. Le couple le fait entrer avec des exclamations d'indignation sur la sécurité des rues. Le couple invite Jean à s'asseoir. Il le fait et sort son calepin.

- J'imagine que vous m'avez invité à entrer parce que vous avez vu quelque chose. Pourriez-vous me le raconter?

- Bien sûr, inspecteur. Elle marchait d'un pas pressé. Elle était blessée. Un homme l'a rattrapée et l'a poignardée à nouveau. Elle a poussé des cris et puis elle est tombée. J'ai ouvert la fenêtre et j'ai crié.

- Ça suffit! Ma femme est sur le point d'appeler la police! Foutez le camp!

Alors l'homme s'est enfui.

Jean est encore plus abasourdi par ce qu'il vient d'entendre que par le premier témoignage.

- Vous n'avez pas pensé à réellement appeler la police ou une ambulance?

- Non. Il était parti et la femme s'est relevée. Nous avons supposé que tout était correct.

Jean imagine la suite. La victime se relève péniblement. Elle se dirige ensuite vers le bloc appartement qu'elle habite. Elle s'appuie sur la vitre, y laissant des traces de sang. Elle entre ensuite. La victime voit la porte de la concierge qui est entrouverte. Elle se dirige lentement vers celle-ci en demandant de l'aide. Elle voit la porte se refermer précipitamment. La victime se retourne péniblement. Elle voit son agresseur qui l'avait rejointe sortir lentement son couteau et elle se met à pleurer. L'agresseur l'achève.

L'équipe de techniciens, qui a maintenant enlevé le corps, ramasse tout ce qui peut être utile pour identifier l'agresseur. Jean est là l'air furieux. Il regarde la concierge.

- C'est vous qui nous avez appelés?
- Oui, inspecteur.
- Vous pourriez nous décrire l'agresseur?
- Absolument.
- Est-ce qu'on peut aller en parler chez-vous?
- Suivez-moi.

La concierge fait asseoir Jean et lui décrit le suspect. Elle décrit les derniers moments de la victime. Jean la regarde atterré.

- Est-ce que vous avez pensé à l'aider?
- Qu'est-ce que vous voulez dire?
- Si vous étiez sorti de votre appartement, l'agresseur se serait peut-être enfui non?
- Je ne le sais pas et je n'aurais pas pris le risque qu'il me tue moi aussi.

Jean range son calepin et sort en claquant la porte. La vitre se brise.

- Mal élevé!

Jean revient vers elle.

- Je m'excuse pour les dommages, mais je suis furieux. Vous êtes la troisième personne à avoir pu l'aider et pourtant elle est là, morte.

- Ne vous en prenez pas à moi! Trouvez plutôt le responsable!

- Je vais le faire, vous pouvez en être certaine. Même si je dois retourner chaque pierre de ce pays pour le faire. Merci, madame.

Jean s'éloigne.

Des mois plus tard, Jacques entre dans la salle avec tout le décorum. Quand il est assis, le greffier indique que tout le monde peut se rasseoir.

- La parole est à la couronne.

Lucie se lève et s'approche des jurés.

- Avant de vous exposer les preuves, je voudrais vous parler un peu de moi. Je voudrais vous dire pourquoi je fais ce métier, car c'est ce qui explique pourquoi ces personnes sont devant vous aujourd'hui. Je fais ce métier parce que je crois sincèrement être la porte-parole des victimes. Pas seulement celles qui sont mortes, mais aussi les mères et les soeurs qui pleurent après avoir perdu un être cher. Je fais aussi ce métier pour que demain notre société soit plus juste et moins violente. Que le droit prime la force. Pour réussir, nous avons besoin de l'aide de tous. Ce que n'ont pas fait les accusés. Nous pourrions bien entendu mettre un policier derrière chaque citoyen pour le protéger. Le coût en serait exorbitant. C'est pourquoi le législateur a prévu le délit de non-assistance à une personne en danger. Pour ne pas commettre ce délit, il suffit simplement de prendre un téléphone et d'appeler la police dès que l'on croit qu'une personne est en danger. Ils ne l'ont pas fait. C'est pourquoi ils sont devant vous. C'est la raison pour laquelle je me présente devant vous au nom des victimes.

Lucie regarde les jurés un par un puis elle fait un salut de la tête et retourne s'asseoir. Claude se lève ensuite sur l'invitation de Jacques. Ce dernier s'approche des jurés et s'appuie à la balustrade qui délimite leur espace.

- Mesdames, messieurs, nous nous retrouvons devant un cas triste et difficile. La couronne va vous démontrer toute l'horreur de la situation. Je reconnais cette horreur. Je suis conscient aussi que mes clients sont de la classe moyenne supérieure.

Jacques hausse un sourcil.

- Maître, nous en avons discuté auparavant. Vous vous dirigez vers un outrage à magistrat.

- Ce dont nous avons discuté, c'est que leur statut social ne doit pas les excuser et je suis d'accord, votre Honneur. Il reste, messieurs les jurés, que mes clients ont été élevés dans ... disons un certain confort.

Claude ménageant ses effets, il y a un moment de silence.

- Alors, imaginez que l'on frappe à votre porte, que vous ouvrez et que derrière la porte il y a l'horreur la plus totale. Il y a un autre moment de silence. Que feriez-vous? Qu'auraient-ils pu faire?

Claude laisse sa phrase faire son chemin puis il regagne sa place. Jacques est pensif pendant un moment.

- La parole est à la couronne.

Lucie appelle son premier témoin.

Un an plus tard, après avoir retourné chaque pierre de la province, Jean tient son homme. Il a toutes les preuves. Il termine l'interrogatoire. Jean est assis en face d'un homme. Il le regarde très calmement.

- Vous m'avez conté comment cela s'est passé, dit il d'un ton compatissant, mais il y a un point qui m'échappe. Pourquoi elle?

- Parce qu'elle était là, que c'était une femme et que je voulais savoir ce que cela faisait.

- Sans autre raison?

- Ben non. C'est le but du trip.

- Donc vous l'avez tué pour le trip?

- Ben oui.

Jean ferme lentement le magnétophone et le magnétoscope. Il se lève lentement puis il saute sur l'homme et se met à le battre. Des policiers entrent précipitamment dans la pièce et les séparent. Parmi eux, il y a le capitaine Froley. Simon entre aussi et il a l'attitude de quelqu'un qui s'apprête à sauter sur le suspect.

- Sortez-moi ça d'ici! laisse tomber le capitaine Froley voulant couper court à toute cette hostilité. Puis s'adressant ensuite à Jean : « Tu es policier! Tu n'es pas là pour juger. Jean! Jean! »

- Jean! Jean!

On voit le capitaine Froley secouer Jean en l'appelant. Jean émerge de ses pensées.

- Jean! retourne chez toi.

- Capitaine! Le psy a dit que je suis correct.

- La plupart du temps, je suis d'accord avec les psy. Aujourd'hui, on est la même date, le même jour et la température est la même qu'il y a quelques années. Aucune psychothérapie ne te fera oublier cette nuit-là, ni ne t'empêchera de la revoir un jour comme aujourd'hui. C'est déjà arrangé avec ma femme. Rentre chez toi, je prends ta place. C'est un ordre.

Jean hésite un moment puis se lève. Le capitaine Froley prend sa place.

Avant de sortir, Jean se tourne vers le capitaine Froley.

- Vous croyez qu'ils vont appeler?

- Ils vont appeler, t'en fais pas.

Jean sort de la pièce.

Erreurs administratives

Jacques entre dans la salle où des personnes attendent. Un greffier annonce la cour. Jacques s'assoit et le greffier annonce que tout le monde peut s'asseoir.

- Affaire 24-312-B.

Dominique avance avec son avocat. Jacques se redresse.

- Maître, je connais très bien votre cliente et je risque de me retrouver en conflit d'intérêt.

- Ma cliente est au courant, votre Honneur, et, si ce n'était l'urgence de la situation, nous aurions demandé à un autre juge de statuer. Vous étiez le seul disponible rapidement.

- D'accord, mais je ne ferai pas de traitement de faveur. Quel est l'objet de la requête?

- Ma cliente voudrait être déclarée tutrice légale d'un enfant.

- C'est habituellement le tribunal de la jeunesse qui émet ce genre d'ordonnance.

- D'où la nécessité de voir un autre juge puisqu'il pourrait y avoir là aussi conflit d'intérêt.

- D'accord. Où est la partie adverse?

- Il n'y en a pas, votre Honneur.

Jacques hausse un sourcil.

- Surprenant. Exposez vos raisons. Je vais me faire l'avocat du diable.

L'avocat se met à raconter l'histoire de Mathieu.

Un policier tient un enfant par la main. Des ambulanciers

recouvrent la tête d'une femme qui est sur une civière. L'enfant pleure.

- Ta maman est morte. Est-ce que tu comprends ce que ça veut dire?

L'enfant fait oui de la tête.

- Je dois t'emmener voir des personnes qui vont prendre soin de toi. Tu veux bien venir avec moi?

L'enfant fait à nouveau oui de la tête. Ils sortent de l'appartement.

Dominique est assise devant son bureau et elle lit des dossiers. Elle appose sa signature quand c'est nécessaire et classe les dossiers. Elle est presque au bout de la pile. Elle ouvre le dossier de l'enfant qui vient de perdre sa mère.

- Voilà au moins un cas simple. Mère décédée d'une crise cardiaque, pas de père déclaré et une tante qui veut bien le prendre. Pourquoi pas?

Elle signe le dossier et le met dans la pile de dossiers signés.

Quelques temps plus tard, le propriétaire d'un immeuble fait une demande pour défoncer la porte d'un appartement. Normand et Pierre sont assignés pour la supervision de l'entrée par effraction. Normand et Pierre stationnent leur auto-patrouille devant l'immeuble et descendent tranquillement. Ils se dirigent vers l'immeuble, entrent, et vont rejoindre le concierge.

- J'aurais pu entrer sans vous, mais je préférais que vous soyez témoins.

- Ne vous en faites pas, le rassure Normand. Ça fait du bien d'être appelé pour autre chose qu'un problème grave.

Ils suivent le concierge dans l'immeuble. Ils arrivent devant la porte d'un appartement. Le concierge sonne, puis cogne. Il décide ensuite de prendre le passe-partout et ouvre la porte. Le concierge, Normand et Pierre entrent dans l'appartement.

- Qu'est-ce que c'est que ça! s'exclame Normand.

Les murs sont pleins d'images pieuses. Il y a des crucifix sur tous les meubles et des chandelles votives un peu partout.

- Ben ça alors.

- On dirait bien la locataire, remarque Pierre.

Il montre une femme crispée dans un fauteuil avec la main sur la poitrine. Elle a une grimace de douleur.

- D'après-vous, elle est là depuis combien de temps?

- Pas plus de trois jours. Je voulais vérifier parce qu'elle paye son loyer une semaine d'avance. Cela fait 10 ans qu'elle est ici et elle n'a jamais changé d'habitude. Mais où est le petiot?

- Le petiot?

- Oui! Le neveu que l'assistance sociale lui a confié.

Pierre et Normand font le tour de l'appartement et trouve l'enfant qui avait perdu sa mère. Il est attaché dans une pièce et à moitié mort de faim. Normand et Pierre appelle les secours d'urgence.

Yvan et Léon arrivent dans leur ambulance. Ils montent rapidement et s'empressent d'installer l'enfant sur une civière et à bord de l'ambulance. Yvan regarde les différents appareils de mesure reliés à l'enfant. Il prend le micro et appelle l'hôpital.

- Ambulance 51 appelle Urgence Sacré-Coeur.

- Nous vous écoutons Ambulance 51.

- J'ai un enfant souffrant de malnutrition grave. J'ai besoin d'un conseil médical immédiat!

- Dr Benoît à l'écoute.

- Salut Martin! Les signes vitaux de l'enfant sont en baisse. Je pense qu'il n'a pas mangé depuis 3 jours et qu'avant il était privé aussi. Il est maigre à faire peur. J'ai du soluté avec du glucose mais je ne suis vraiment pas sûr. Je crois que cela peut déclencher une stimulation du pancréas et un surplus d'insuline et là il sera en hypoglycémie.

- Tu as du bouillon?

- J'ai bien une soupe au boeuf dans mon lunch.

- Parfait! Il y a de la protéine sous forme liquide là-dedans. On verra ça de plus près quand il arrivera.

- J'aurais dû y penser!

Yvan passe la tête à l'avant de l'ambulance et demande à Léon d'approcher son lunch. Il s'en saisit et sort une bouteille thermos. Il remplit un sac de soluté avec le bouillon.

Un peu plus tard, l'ambulance arrive à l'hôpital. Yvan et Léon transportent l'enfant dans une salle et font un rapport au Dr Benoît.

- J'espère que la personne qui lui a fait ça va vers un autre hôpital!

- Elle va à la morgue, répond Léon. Elle semble avoir eu une crise cardiaque.

Le Dr Benoît enregistre le fait et commence les examens sur l'enfant. Yvan et Léon reprennent leur matériel et retournent à l'ambulance. Un autre docteur plus âgé entre dans la salle d'examen. Le Dr Benoît écoute le coeur de l'enfant avec un stéthoscope. L'autre médecin lit le dossier. Il s'adresse ensuite au Dr Benoît.

- Tu as fait le maximum Martin.

- Je me sens tellement impuissant.

- Je sais ce que c'est. J'étais dans le privé avant et une fois j'aurais pu sauver une patiente. Elle n'était pas membre de la clinique et j'ai dû la refuser.

- C'est un peu normal, il me semble.

- Oui, sauf que cette patiente était ma mère. Là, je me suis vraiment senti impuissant.

Après un moment de silence, il ajoute :

- Tu as fait tout ce que tu pouvais. Laisse faire la nature.

- Tu veux m'en dire plus sur la clinique privée?

- Oui.

Comme ils se préparent à sortir, Dominique et Nathalie entrent dans la pièce. Elles demandent si elles peuvent voir l'enfant. Le Dr Benoît accepte. Dominique s'approche de l'enfant et lui caresse doucement la tête. Elle s'installe ensuite sur la petite table près du lit et ouvre le dossier que Nathalie vient de lui tendre. Elle le lit attentivement et s'exclame :

- C'est moi qui ai signé ça! Je vais réparer mon erreur et ça ne va pas tarder. Vous pouvez me tenir au courant de son état?

- Bien sûr.

Dominique sort de la chambre.

Dominique et Claude se rendent dans une autre ville rencontrer un membre de la direction.

- Que puis-je faire pour vous?

Dominique lui tend un papier.

- Vous connaissez cette propriété?

- Oui. Nous allons la vendre pour non-paiement de taxes.

- Je veux payer les taxes.

- Généralement, c'est le propriétaire qui les paye.

- Le propriétaire est actuellement à l'hôpital. Ses biens vont être sous la curatelle de Maître Lafarge. Elle désigne Claude. Il va faire en sorte que cette propriété puisse revenir en totalité au propriétaire au moment voulu.

Dominique tend un papier et une carte de crédit. Le directeur jette un coup d'oeil au papier puis s'affaire à enregistrer le paiement.

L'avocat de Dominique vient de terminer son récit. Jacques a le menton posé sur sa main et regarde intensément Dominique.

- Vous êtes consciente des responsabilités que cela implique?

- Oui, votre Honneur.

- Vous savez aussi qu'au niveau légal ou réglementaire vous n'avez rien à vous reprocher.

- Je le sais. Mais en signant, je prenais une responsabilité et j'entends l'assumer jusqu'au bout.

Jacques réfléchit encore un moment.

- Ce n'est pas courant, mais je vous confie la tutelle de cet enfant. Affaire suivante! 45-312-C.

Michel et son avocat s'avancent. De l'autre côté, il y a l'avocat de la commission scolaire.

- Je dois vous dire que je connais un peu une des personnes impliquées, dit Jacques. Si vous voulez passer devant un autre juge, il faut le dire maintenant.

- Ce ne sera pas nécessaire, votre Honneur. Nous demandons un bref de saisie sur les biens personnels de la partie adverse.

- Une minute! Vous représentez une commission scolaire selon le dossier.

- C'est exact, votre Honneur.

- Un bref de saisie est généralement pour une transaction commerciale. Où est l'épisode que j'ai manqué?

- Votre Honneur, la partie adverse dilapide l'argent de la commission scolaire malgré les avertissements reçus.

Jacques a une petite grimace d'agacement.

- Il est bien directeur d'école, donc responsable du budget, donc des dépenses de son école et le dossier ne mentionne aucun détournement de fonds.

- C'est vrai, votre Honneur. Mais il n'a pas l'autorisation de payer des professeurs.

Jacques enlève ses lunettes et se frotte le front.

- Maître, plus vous parlez et plus cela devient clair comme du jus de chaussettes. Pourriez-vous être clair et concis?

L'avocat commence à exposer le cas.

Un groupe d'adolescents s'en prend à un autre jeune dans une cour d'école. Un attroupement se fait et les autres étudiants crient des encouragements. Les professeurs font des pieds et des mains pour percer le groupe et aller séparer ceux qui se battent. Michel est là et bouscule les adolescents. Ceux qui battaient le premier adolescent s'enfuient le laissant dans un triste état. Michel le relève et avise Chantale et Hélène.

- Chantale! Hélène! Faites entrer tout le monde. Je veux les voir dans la salle de gymnastique.

- Tous?

- Tous! Appelez aussi une ambulance.

Michel se penche sur l'adolescent et le réconforte du mieux qu'il peut. Il attend l'ambulance pendant que les autres élèves sont amenés au gymnase. Quand les ambulanciers prennent en charge le jeune blessé, Michel se rend au gymnase. Les adolescents sont en train de discuter quand Michel entre avec un mégaphone. Il se place au bout de la salle.

- Est-ce que tout le monde m'entend? lance t-il dans le mégaphone.

Le brouhaha se calme.

- Est-ce que quelqu'un peut me dire ce que vous faites ici?

- Vous nous avez demandez d'être là, crie un élève.

- Pour la réunion d'accord, mais, en général, vous êtes à l'école pourquoi?

- Pour se faire garder. Qu'est-ce que tu crois? crie une étudiante.

- Si c'était pour vous garder on n'aurait qu'à vous mettre dans un enclos. Vous n'êtes pas du bétail. Vous êtes ici pour apprendre, au moins en partie, les expériences que l'humanité a connues. Ça s'appelle de la civilisation. Et ce qui s'est passé dans la cour est loin d'être civilisé. Il y a un moment de silence.

- Je veux savoir exactement qui a fait ça et je ne veux plus revoir ce genre de chose. Est-ce que c'est clair?

Il n'y a pas de réponse parmi les élèves.

- Est-ce que c'est clair?

Les étudiants approuvent. Michel les renvoient dans leur classe. Michel retourne à son bureau. Il croise un groupe d'étudiants. L'un d'eux montre un couteau rituel à des amis. Michel s'arrête près de lui.

- Qu'est-ce que tu fais avec ça? Les armes sont interdites ici.

- Mais ce n'est pas une arme, c'est un symbole religieux.

- Je ne me sens pas capable de l'accepter. Religion vient du latin et veut dire ce qui nous relie tous. Un couteau, c'est pour couper, trancher, désunir. C'est un symbole de guerre pour nous.

C'est une arme défendue de toute façon. Soit tu me le donnes, soit tu sors de l'école.

- Je sors et je vais revenir avec mon père.

- Je vous attends.

Quelques jours plus tard, Michel est assis à son bureau.

Il y a un représentant de la commission scolaire en face de lui.

- Le père de Gopal a déposé une requête en cours pour permettre à son fils de porter le kirpan à l'école. La commission scolaire vous soutient dans votre décision. Par contre, nous avons décidé de payer un professeur pour que Gopal continue à recevoir des cours à la maison.

- Je n'ai pas de problème avec ça. Je crois que je vais faire ça aussi pour François.

- La commission scolaire ne peut vous le permettre.

- Comment ça?

- Il faut bien comprendre que ce sont des budgets différents. Ce qui est arrivé à François est regrettable, mais cela dépend du ministère de la Justice.

- Et pendant ce temps-là, il va perdre ses cours?

- Vous savez, avec le nouveau programme, il ne redoublera pas.

- C'est de la connerie! S'il n'a pas assimilé les bases, il va avoir encore plus de difficulté pour apprendre la suite. J'étais enseignant avant d'être directeur et je l'ai vu très souvent. Je ne suis pas ici pour faire des statistiques, mais pour créer des bonnes conditions d'apprentissage pour les élèves. Je vous garantis que François va avoir de l'aide de l'école.

- Je viens de vous dire que vous n'avez pas le droit.

- Ah oui? Regardez-moi aller. En attendant, j'ai d'autres choses à faire. Je ne vous retiens pas.

L'avocat de la commission scolaire termine ainsi sa relation des faits. Jacques attend la suite de l'histoire. Après un moment, il prend la parole.

- Et ensuite?

- Eh bien, il a dépensé l'argent du budget d'équipement pour payer un professeur au dénommé François.

- D'accord, mais où est le problème?

- La commission scolaire n'est pas arrivée à une entente avec le ministère de la Justice concernant le cas de François.

- Maître, soupire Jacques en remettant ses lunettes. Vous allez dire à votre client qu'il n'a pas de cause. La demande est rejetée. Je suis convaincu que le gouvernement va s'entendre avec lui-même pour payer la note dans le bon département. J'autorise monsieur le directeur à continuer. Affaire suivante!

- Mais votre Honneur!

Jacques lance un regard impérieux et dur à l'avocat de la commission scolaire et il martèle.

- Affaire suivante! 10-010-F.

Michel et les avocats cèdent la place à Nicole et à un autre avocat représentant une maison de soins de longue durée. Ils prennent place de chaque côté de la table.

- D'après le dossier, il s'agit d'un couple âgé qui ne veut pas être séparé.

- Oui, votre Honneur.

Jacques regarde le représentant de l'institution.

- Vous êtes les défendeurs?

- Oui, votre Honneur.

Jacques regarde Nicole.

- Vous êtes leur fille?

- Non, votre Honneur. Seulement leur amie.

- Que faites-vous comme profession?

- Je suis infirmière dans un CLSC et je m'occupe des soins à domicile et de l'accompagnement aux patients en phase terminale.

- Ce ne doit pas être drôle tous les jours.

- En effet, votre Honneur.

- Vous demandez que j'ordonne à l'institution d'accepter les deux personnes âgées. À titre d'amie.

- C'est exact, votre Honneur. Ma cliente estime que l'institution n'a aucun droit de les séparer.

- Votre Honneur, l'institution ne le fait pas par plaisir, mais parce qu'il y a un règlement en ce sens.

- Votre Honneur, c'est une institution de soins palliatifs. Ça veut dire qu'ils n'ont aucun espoir de guérir. Ces deux personnes sont mariées depuis près de 60 ans. Elles pourraient être installées côte à côte dans les appartements que l'institution offre.

- Cela me semble raisonnable.

- Votre Honneur, répond l'avocat de l'institution, nous aimerions satisfaire les désirs des amis de la demanderesse, mais les règlements du ministère sont très clairs. Aucun couple ne peut être admis dans notre établissement.

- Pourquoi?

- Pour éviter des conflits à caractère sexuel.

Jacques enlève ses lunettes.

- Répétez-moi ça. Je ne suis pas sûr d'avoir bien entendu.

- Le ministère a décidé que les couples devraient être séparés pour éviter des conflits matrimoniaux ou qu'il y ait des relations sexuelles entre les patients.

Jacques regarde l'avocat un moment. Il remet ensuite ses lunettes.

- Sont-ils mariés légalement?

- Oui, votre Honneur, répond l'avocat choisi par Nicole.

- Alors aucun règlement d'un ministère ne peut les empêcher de vivre ensemble s'ils le souhaitent. Les arguments de la partie défenderesse me semblent très faibles. Jeune homme, je peux vous garantir que les gens âgés ont eu des activités sexuelles plus osées que ce que vous avez fait jusqu'à maintenant. Ils ont eu le temps de le faire. Ce sont des personnes âgées, pas des enfants. Demande accordée. Affaire suivante!

Les autres affaires sont traitées par Jacques avec son efficacité coutumière.

Quelques temps après, Nicole est en présence du couple âgé

dont elle a pris la défense. L'homme entre en agonie. Nicole et l'épouse du mourant sont à son chevet. Sa femme lui tient la main.

- Pourrais-tu chanter pour moi une dernière fois? lui demande-t-il.

« *Deux pour une chanson, Deux pour s'aimer, Deux parmi les moissons.....* » commence la femme d'une voix entrecoupée de sanglots et presque aphone.

- Je vais vous aider, propose Nicole.

« *Deux pour une chanson, Deux pour s'aimer,*
Deux parmi les moissons de l'été,
Deux contre l'horizon illuminé,
De la Méditerranée,
Deux comme des cigales jouant des airs,
Deux comme les étoiles du septième ciel,
Deux au creux d'une voile sur un bateau
Qui nous emporte au fil de l'eau,
Deux pour un voyage, Deux pour un souvenir,
Deux sans un nuage, Deux pour un sourire. »

Au refrain l'homme meurt. Nicole réconforte sa conjointe un moment. Elle se lève ensuite et sort de la chambre. Elle avise la directrice.

- Maintenant, vous pouvez les séparer.

Elle quitte ensuite le centre de soins. Elle sort dans le stationnement où Nathalie l'attend. Elle monte dans la voiture côté passager et reste un moment pensive. Nathalie, la première, brise le silence.

- C'est dur.

- Ça l'est toujours.

- Je t'admire de faire ça. Tu perds régulièrement des amis.

- Oui.

Nathalie réfléchit un moment.

- Qu'est-ce que tu préfères? Un restaurant ou ton plat préféré à la maison?

Nicole la regarde un moment, et entonne doucement :
« *Comme les rois mages, en Galilée,*
Suivaient l'étoile du berger.
Je te suivrai,
Où tu iras, j'irai,
Fidèle comme une ombre, jusqu'à destination! »
Nathalie sourit et démarre la voiture.

Audiences préliminaires

Jacques entre dans la salle avec sa toge et le greffier fait l'annonce traditionnelle. Dans la salle, assis à une table, d'un côté, il y a Lucie et, en face d'elle, les avocats de la défense.

- Affaire 17-B.

- L'état contre Vadeboncoeur.

L'avocat de M. Vadeboncoeur s'installe en face de Lucie.

- Votre Honneur, nous demandons l'abandon des procédures pour non-respect des délais.

- Maître, il s'agit de plusieurs meurtres et il n'existe pas de prescription dans ces cas-là. Je ne vois pas ce que viennent faire les délais dans le cas qui nous occupe.

- Mon confrère, mentionne Lucie, fait sans doute référence au fait que l'officier de police chargé du rapport ne l'a fait qu'à son retour de vacances.

- Il n'y a rien de répréhensible à prendre des vacances. Je vous rappelle que nous sommes là pour déterminer s'il y a des erreurs de raisonnement, pour fixer les dates de procès ou pour abandonner les poursuites. Madame la procureure, veuillez présentez vos preuves.

- J'appelle à la barre le capitaine Froley.

Le capitaine Froley se lève et vient s'installer à côté de Lucie.

- Les faits se sont passés au mois de juillet dernier. Puis il commence à raconter.

Ce jour-là, un incendie s'est déclaré dans une cuisine. Des pompiers arrivent avec la sirène et les gyrophares. Ils se dépêchent à installer leur matériel. François les dirige efficacement et demande à une partie de son équipe de manœuvrer de façon à empêcher le feu de se propager aux remises. Pendant qu'il supervise, deux morceaux tombent à ses pieds : une planche et un bras de femme. François fait la grimace. Il confie le commandement à un de ses lieutenants et se dirige vers des policiers qui retiennent les curieux.

- Caserne 27 à centrale!
- À l'écoute.
- Mettez la caserne en indisponibilité jusqu'à ce que je reprenne contact avec vous.
- Avez-vous besoin de renfort?
- Non. C'est juste qu'on vient de trouver un morceau de cadavre qui n'a rien à voir avec le feu. On va attendre la police scientifique.
- Compris. Je les préviens.

François s'approche de deux policiers, Pierre et Normand.

- Pourriez-vous sécuriser l'endroit? On vient de trouver un morceau de cadavre.
- D'accord. Pierre, va chercher le ruban pendant que je préviens les autres patrouilles.

Un peu plus tard, le capitaine Froley se fait reconnaître par les officiers de garde et franchit le cordon jaune. Son téléphone sonne.

- Allô!

Il écoute un moment.

- Ne t'inquiète pas ma chérie. Nous allons arriver à l'aéroport à temps. Oui, j'ai les billets. C'est ça. Bye!

Il referme son appareil et s'approche de l'équipe de la police scientifique qui est en train de faire des prélèvements sur les pompiers.

- Combien de cadavres avez-vous trouvés?
- Deux pour le moment, répond Simon, et peut-être quelques morceaux d'un autre.

- Et le locataire de cet appartement est-il arrivé?

- Oui, il est là, répond Simon, en désignant un individu.

- D'accord, je vais lui poser quelques questions.

Le capitaine Froley s'approche de l'individu.

- Capitaine Froley, brigade criminelle. Vous vous appelez?

- M. Vadeboncoeur.

- M. Vadeboncoeur, vous savez ce que l'on a trouvé dans votre remise?

- Des cadavres à ce que l'on m'a dit.

- Et vous n'avez aucune idée de comment ils sont arrivés là?

- Non, aucune.

- L'odeur ne vous a jamais dérangé?

- Vous savez, il y a des «sent bon».

Lecapitaine FroleysefigeetregardefixementM. Vadeboncoeur pendant quelques secondes.

- Vous pouvez m'attendre ici un moment?

- Oui.

Le capitaine Froley retourne voir Simon.

- Je vais être à mon bureau. Tu m'envoies le rapport le plus vite possible.

- C'est entendu.

Le capitaine amène M. Vadeboncoeur à son bureau. Il fait aussi entrer l'inspectrice Lisa Forlano. Il y a un très long moment de silence. Le capitaine Froley et M. Vadeboncoeur sont face à face et se regardent sans dire un mot. Le capitaine Froley tourne un crayon dans ses doigts. Il prend une profonde inspiration.

- Dites-moi, il y avait combien de cadavres?

- Quatre.

Le capitaine Froley le regarde et prend le téléphone. Il compose un numéro.

Simon répond.

- Vous en êtes à combien de cadavres?

- On vient d'en trouver un quatrième complètement

momifié. Laura fait un dernier tour de toutes les ouvertures, par précaution.

- Le compte est bon. Merci.

Il raccroche. Il se lève et sort de la pièce. Des journalistes l'attendent et lui posent des questions.

- Nous détenons le suspect et il vient d'avouer. Vous pouvez rassurer la population. Le tueur en série n'est plus en liberté.

Il retourne ensuite dans la pièce avec deux policiers.

- Ces messieurs vont vous conduire en cellule. Vous pouvez parler à l'inspectrice ou nous reprendrons cet entretien quand je reviendrai de vacances.

- Vous ne pouvez pas me faire ça! Vous devez vous occuper de mon cas tout de suite.

- Ça presserait si vous n'étiez pas derrière les barreaux, mais maintenant pas du tout.

Il fait signe aux policiers qui font ensuite sortir M. Vadeboncoeur. Le capitaine Froley sort aussi et se dirige vers un genre de secrétariat. Il signe une feuille et remet son téléphone. Le policier qui est à ce bureau lui souhaite de bonnes vacances.

Dans la salle du tribunal, le capitaine Froley vient de terminer son témoignage. Il regagne sa place. Jacques regarde l'avocat de la défense.

- Votre client veut-il un procès devant juge et jury ou seulement devant juge?

- Je tiens à dire que mon client se sent lésé par le processus policier!

- Maître, ce n'est pas ce que je vous demande. Vous plaiderez au procès. Il y a matière à procès. Quel type de procès veut-il, que je puisse fixer une date?

- Devant juge seulement.

- Très bien. Procès dans 3 mois. Affaire suivante. 45-C.

Un autre avocat et des parents s'installent en face de Lucie. Cette dernière est rejointe par Madeleine et Luc. Jacques regarde les parents.

- Le dossier mentionne un enfant. Qui êtes-vous?

- Ce sont les parents de l'enfant en question, votre Honneur. Nous demandons l'abandon des procédures.

- J'aimerais bien le faire, explique Lucie, mais la loi ne me le permet pas sans l'accord d'un juge.

- D'accord. Exposez les détails de l'affaire.

Luc se présente à la barre et commence à raconter son histoire

Luc débarque de sa voiture et se dirige vers un groupe de policiers. Il y a des voitures de police avec leur gyrophare allumé.

- Qu'est-ce que l'on a?

- Une femme tuée de plusieurs coups de canif apparemment, répond Simon.

- Tentative de vol?

- Possible. Mais ses cartes de crédit et son argent sont toujours dans la sacoche.

- Donc, ce n'est pas un vol.

- Je pense que c'est quand même un vol. Ce qui m'embête, c'est ce qui a été volé. Elle a des clefs de voiture, mais pas de permis de conduire. Il devrait être là.

Luc rassemble les policiers et leur demande de faire le tour des maisons qui bordent le parc et d'interroger tout le monde. Simon fait transporter le corps au laboratoire de la police scientifique.

Les mois passent et Luc piétine dans son enquête. Il se dirige vers son bureau l'air préoccupé. Il est intercepté par le capitaine Froley.

- Luc! As-tu des résultats sur le meurtre au parc?

- Pas la moindre piste.

- Appelle la psy.

- Je ne vois pas très bien ce qu'elle pourra m'apporter de plus. J'ai des cours de psychologie aussi, sinon je ne serais pas capable de faire ce métier.

- Elle est spécialisée. Toi tu es un généraliste. Un bon généraliste, mais un généraliste quand même. Appelle-la. Au pire, tu auras perdu cinq minutes.

- D'accord.

Luc se dirige vers son bureau et s'installe. Il prend le téléphone et appelle Madeleine. Cette dernière répond.

- Oui, bonjour!

- Bonjour! Inspecteur Dagenais à l'appareil. Je vous appelle concernant une affaire de meurtre où j'ai très peu d'indices.

- J'attends la navette de l'aéroport d'ici une vingtaine de minutes.

- Je peux rappeler plus tard si vous voulez.

- Non, vingt minutes me semblent assez pour faire un portrait psychologique. Dites-moi ce que vous avez.

- Maintenant?

- Bien sûr.

Luc lui donne les détails de ce qu'ils ont trouvé sur les lieux du crime et les résultats de leur enquête. Madeleine réfléchit un moment et consulte un ou deux livres tout en signalant à Luc qu'elle est toujours là.

- Bon, les points importants sont les coups de canif. Un canif, c'est une arme d'enfant. Vous devez chercher un enfant. L'autre point significatif, c'est le vol du permis de conduire. C'est un geste d'appropriation. Vous devez chercher un enfant qui est du quartier où a eu lieu le crime et qui ne sort pas du tout de ce quartier. Il va donc à l'école du quartier. Il a des résultats scolaires en dessous de la moyenne et il est très solitaire. Il vit dans une famille reconstituée et un des deux parents le dévalorise. Les statistiques sont assez faibles concernant quel parent fait cette dévalorisation. Une autre statistique donne à penser que la mère de l'enfant ressemble à la victime. Ce n'est toutefois pas fiable à 100 %. Est-ce que cela vous aide?

- Énormément. Merci!

- De rien.

Ils raccrochent. Luc se lève et prend un bottin téléphonique.

Il prend en note les noms des écoles du quartier. Il entreprend ensuite de les visiter une à une. Luc demande à chaque directeur de voir les dossiers des étudiants et il leur montre une commission rogatoire donnant accès aux dossiers des élèves. Les directeurs collaborent à chaque fois. Luc note les adresses des élèves qui semblent correspondre au profil. Il visite chaque famille et demande à fouiller la chambre des étudiants. Un jour, Luc sonne à une porte. Une femme vient lui ouvrir. Elle ressemble beaucoup à la victime, mais en plus jeune. Luc s'identifie et lui demande si son fils est là. Elle répond que non. Il lui demande s'il peut lui parler un moment. La femme le fait entrer.

- De quoi voulez-vous me parler?
- Il est possible que votre fils soit impliqué dans le meurtre survenu au parc.
- Hein! Il ne ferait pas de mal à une mouche.
- Je veux bien le croire. Si je pouvais voir sa chambre, je pourrais peut-être trouver quelque chose qui le mettrait hors de cause.
- Vous n'avez pas besoin d'un mandat pour ça?
- Pas au Canada. Il y a quand même des lois pour vous protéger des fouilles abusives. Je vous promets de ne pas abuser. Si vous m'accompagnez, vous pourrez en juger par vous-même.

La mère donne son accord et accompagne Luc dans la chambre de l'enfant.

Luc met ses gants. Il fait un premier tour de la pièce. Puis il examine attentivement des sections de celle-ci. Il trouve d'abord un canif légèrement taché. Il le met dans un sac d'échantillon. Un peu plus loin, il trouve le permis de conduire de la victime. La mère a un hoquet de surprise et se retient pour ne pas éclater en sanglots.

Luc termine son récit et va s'asseoir. Lucie fait remarquer que toutes les preuves concordent et qu'elle ne voit pas comment elle pourrait remettre en liberté quelqu'un qui a tué, même si les circonstances semblent inhabituelles. Jacques réfléchit un moment. Il appelle Madeleine à la barre pour l'interroger.

- Est-ce que cela se soigne?
- Je pense que oui. Mais cela peut prendre beaucoup de temps.

Jacques hoche la tête comme s'il venait de prendre une décision.

- Nous n'abandonnerons pas les procédures. Nous allons les suspendre. Votre enfant doit se faire soigner. À la fin du traitement, il y aura une mise à l'épreuve. Il pourrait répondre de cette accusation en plus de n'importe quelle autre. Vous comprenez bien?
- Votre Honneur, répond l'avocat de l'enfant, c'est mettre une épée de Damoclès sur la tête de cet enfant.
- Ce n'est pas lui qui l'a, mais nous du service public. En prenant cette décision, je dis que le meurtre d'un citoyen était un accident malheureux et imprévisible. S'il récidive, c'est ma tête qui est sur le billot. C'est ça ou le procès avec un dossier judiciaire qui le poursuivra toute sa vie.

L'avocat consulte les parents et accepte la décision de Jacques.

- Affaire suivante, 66-A.

Lisa Forlano vient s'installer à côté de Lucie et un troisième avocat en face d'elles.

- Votre Honneur, dit ce dernier, je demande l'arrêt du harcèlement de mon client.
- Madame la procureure?
- L'enquête n'est pas terminée, votre Honneur. Comme le suspect ne se présente pas toujours aux séances d'interrogatoire, nous demandons une détention préventive.

Jacques appelle Lisa Forlano.

- Faites-moi un rapport de l'enquête.

Lisa s'approche et commence à raconter.

Une ambulance arrive en trombe dans le stationnement d'une propriété. Yvan et Léon descendent rapidement et sortent la civière. Ils entrent dans la maison. Un homme s'approche d'eux, agité.

- Vite! Ma femme a tenté de se suicider!

Ils suivent l'homme au deuxième étage. Une femme est étendue près du lit. Yvan et Léon s'activent pour mettre les appareils de mesure sur le corps de la femme qui est en chemise de nuit.

- Ça fait combien de temps qu'elle est comme cela? demande Yvan.

- Une bonne vingtaine de minutes.

Yvan fait un léger signe à Léon qui s'apprêtait à commencer les manœuvres de survie.

- Vous allez la sauver?

- Nous aurions peut-être pu faire quelque chose plus tôt. Maintenant le cerveau est mort. C'est trop tard.

Léon et Yvan installent délicatement le corps de la femme sur la civière et recouvrent sa tête d'un drap. Ils la descendent et l'emmènent à l'hôpital. Le cadavre est transporté à la morgue. Il est mis dans un caisson. Un peu plus tard, le médecin légiste entre et met les survêtements qu'il utilise pour faire des autopsies. Il commence par la dame amenée par Yvan et Léon. Il fronce les sourcils en examinant la gorge. Il met une note au dossier. Il fait ensuite un prélèvement de la gorge. Il envoie le tout au labo et passe à un autre corps.

Lisa est au téléphone avec quelqu'un.

- Nous connaissons ce type de cas. On appelle cela la fraude nigériane. Cela fait plus de 20 ans que des gens se font attraper avec ça.

- Je le sais, inspectrice. Je lis sur le sujet et je vois que, dans leur façon d'opérer, ils utilisent de faux chèques d'entreprises connues.

- Oui, et alors?

- Il faut bien qu'ils les aient pris quelque part et je ne vois que le vol de courrier pour leur apporter ce genre de chèques.

- Là, vous avez un point, répond Lisa avec un sourire. Je vais contacter la police fédérale. Merci de vos renseignements.

Elle raccroche et fait un rapport électronique adressé à son supérieur et à la police fédérale. Un policier vient mettre un dossier sur son bureau. Quand elle a terminé, elle ouvre le dossier et commence à le lire. Elle fronce les sourcils.

Lisa se rend à Urgence santé. Elle débarque de sa voiture et va au bureau central. Elle demande des renseignements sur les ambulanciers qui, la veille, ont pris en charge la dame suicidée. Le répartiteur la dirige vers Léon et Yvan. Elle les retrouve dans le stationnement.

- Bonjour! Inspectrice Forlano, brigade criminelle. Vous avez répondu à un appel d'urgence chez M. Paré hier soir. Vous vous en souvenez?

- Bien sûr, répond Léon. Ça me retourne tout le temps de voir des personnes qui se suicident.

- Je comprends. Je voulais savoir si Mme Paré avait les cheveux mouillés quand vous êtes arrivés.

- Non, s'étonne Yvan. Pourquoi?

- Son mari déclare l'avoir trouvé dans son bain.

- Impossible! s'exclame Léon en écarquillant les yeux. Le mari fait la moitié du poids de Mme Paré. Peut-être un peu plus. Il n'aurait jamais pu soulever une masse comme celle-là.

- À moins d'avoir utilisé ses pouvoirs psi ... précise Yvan sur un ton moqueur.

- Non, dit Léon d'un ton convaincu. Il était trop calme quand nous sommes arrivés. Il aurait tremblé comme une feuille s'il avait utilisé ce genre de pouvoir.

- Léon, je t'aime bien, mais j'ai quand même un peu de doute là-dessus.

- De toute façon, intervient Lisa, le point important c'est que ses cheveux n'étaient pas mouillés. Merci beaucoup.

Lisa s'éloigne et remonte dans sa voiture. Elle se dirige ensuite vers la maison de M. Paré. Elle descend de sa voiture et va sonner à la porte. M. Paré vient répondre.

- M. Paré? Lisa Forlano, brigade criminelle. J'aurais quelques questions à vous poser concernant la mort de votre femme.

- Elle s'est suicidée, que dire de plus.

- Il y a quand même quelques petits détails qui accrochent. Vous avez déclaré avoir trouvé votre femme étendue dans la baignoire, le visage tourné vers le fond.

- Oui. Déjà, elle ne respirait plus.

- Pourrais-je voir la baignoire? Vous comprenez que c'est une position un peu bizarre pour un suicide. Il faudrait que je puisse voir si elle pouvait être relativement confortable.

Ils montent à l'étage et vont à la salle de bain. Ils l'examinent. Elle n'a rien d'extraordinaire et le bain est standard. Lisa et M. Paré conviennent que ce n'était pas très confortable comme position. Ils sortent et se dirigent vers la chambre. Lisa mesure du regard la distance entre la salle de bain et la chambre à coucher.

- Dites-moi, comment avez vous fait pour transporter votre femme jusqu'à la chambre?

- Les nerfs sans doute.

Lisa note le détail et fait mine de s'en aller. Elle s'arrête brusquement et se retourne vers M. Paré.

- Excusez-moi, je suis impardonnable. J'allais oublier de vous demander une petite chose, un détail qui m'agace.

- Oui, inspectrice.

- Le médecin légiste a trouvé des traces de cyanure dans la gorge de votre femme. Vous avez une idée de comment il est arrivé là?

- Oh, mon Dieu! Elle s'en était procurée auprès d'un pharmacien il y a quelques mois. Je lui avais confisqué.

- Vous lui aviez confisqué. Qu'en avez vous fait?

- Je l'ai caché dans un livre.

- Je peux le voir?

- Bien sûr.

Ils descendent à la bibliothèque et M. Paré remet un livre à Lisa. Cette dernière le feuillette.

- Je ne vois pas d'empreinte de capsule dans ce livre.

- Parce que c'était une ampoule très mince.

- En verre?

- Oui.

- Alors, elle doit l'avoir cassée pour l'ouvrir. Il doit en rester des morceaux en haut.

Ils retournent en haut et Lisa examine le plancher de la chambre tout en gardant un oeil sur M. Paré.

- Non. Aucune trace de l'ampoule.

- Peut-être dans la salle de bain?

- Cela m'étonnerait beaucoup. Je vous remercie de votre aide. Je dois faire d'autres vérifications. Je pourrais revenir plus tard.

- Je suis à votre disposition inspectrice.

Il la raccompagne à la porte. Au moment de sortir, Lisa se frappe le front.

- J'allais encore oublier un petit détail. Vous avez dit que vous aviez trouvé votre femme dans la baignoire, le visage tourné vers le fond.

- Oui.

- Le point est que le sang, quand il n'est plus pompé par le cœur, subit la gravité. On aurait donc dû trouver des poches de sang dans la poitrine et le ventre. Nous les avons trouvées dans le dos et dans les fesses, comme si elle était morte sur le dos. Comment expliquez-vous ça.

- Je ne sais pas, inspectrice.

Lisa le laisse mijoter un moment.

- Vous êtes certain que vous n'avez rien d'autre à me dire?

M. Paré fait signe que non. Lisa attend encore un moment puis lui promet qu'ils se reverront bientôt et s'en va.

Jacques regarde attentivement l'avocat de M. Paré.

- Une idée du mobile?

- Je travaille là-dessus, votre Honneur.

- Très bien. En attendant, j'ordonne la détention de M. Paré à titre de témoin important dans cette affaire. Affaire suivante.

Le gun

Normand et Céline sortent de la maison.

- Tiens, prends la voiture. Je n'en aurai pas besoin aujourd'hui.

- Tu n'as pas peur que je l'abîme? Que je te ramasse des contraventions?

- Non. Je te fais confiance.

- Merci. Je viendrai te chercher ce soir.

- Oui, j'aimerais beaucoup ça. Sinon, à pied, cela me fera un peu loin.

Pierre qui vient de se stationner klaxonne et Normand lui fait signe. Il embrasse Céline et se dirige vers la voiture de Pierre. Pierre présente Hélène.

- Bonjour! Enchanté de vous rencontrer enfin.

- Moi aussi! Il me parle souvent de vous.

- En bien, j'espère.

- Bien sûr! affirme Pierre. En passant, tu as bien choisi ta nouvelle amie.

Normand monte en arrière. Pierre démarre la voiture et se dirige vers l'école où Hélène enseigne.

- Elle est différente de Lucie sur bien des points. Avec Lucie, tout tournait à l'argumentation.

- Vous voulez dire que celle-là vous laisse tout faire? réplique Hélène.

- Non, pas du tout. Céline argumente aussi, mais pas de la même manière que Lucie. Avec Lucie, c'était des raisonnements

logiques à l'extrême. Je suis bien content qu'elle ait rencontré ce prof de mathématiques.
- Il enseigne où?
- À l'université. Ils s'entendent bien et nous les avons rencontrés quelques fois, moi et Céline.

Arrivée à l'école, Hélène descend de la voiture et fait un signe à Chantale qui débarque de la voiture de Jean-Louis. Pendant que Normand prend sa place, elle va embrasser Pierre et lui souhaite une bonne journée.

Une jeune femme avec des cheveux sombres apparaît à l'arrière de la voiture.
- Bonjour papa!
Normand sursaute et regarde en arrière, mais ne voit rien. Pierre lui jette un coup d'oeil.
- Qu'est-ce qui se passe?
- Rien ... Heu, tu n'as rien entendu?
- Non.
- Ah bon! J'aurais cru.
- Il n'y a que toi qui peux m'entendre, mon petit papa adoré.
Normand qui entend la voix d'Anne, sa fille décédée, encaisse le choc sans rien dire.
- Je dois faire une petite chose avec toi, bientôt.
Normand opine de la tête.
Pierre qui s'en aperçoit lui dit :
-Je n'ai encore rien dit, mais puisque tu es d'accord, on va s'arrêter prendre des gratteux. C'est toi qui payes!
- Oh non! On ne gagne jamais rien avec ça.
Pierre part à rire. Ils arrivent au central et rangent la voiture. Ils descendent et entrent dans le bâtiment. Pierre et Normand croisent d'autres policiers et se rendent dans la salle de briefing. Ils s'assoient et sortent leur petit ordinateur portatif. Le superviseur entre.
- Bon, le quartier est quand même assez calme. Il y a un petit voyou qui dérobe pas mal de sacoches, surtout dans les

plazzas ou les places commerciales. La dernière fois, c'était sur la promenade Fleury. Donc, ouvrez l'oeil. Des photos-radar nous montrent aussi que les automobilistes font la course sur certains axes comme Henri-Bourassa. Vous serez affectés à des équipes de radar par rotation. Des questions?

- Combien de pourcentage on reçoit sur les contraventions? demande un policier.

- Du temps avec l'inspecteur en déontologie. Ça réponds-tu à ta question, mon comique?

Les autres policiers le chahutent un peu.

- Bon, on y va les patrouilleurs! Orchidée 5, vous restez ici quelques minutes.

Les autres policiers sortent. Pierre et Normand s'approchent du superviseur.

- Qu'est-ce qui se passe? demande Normand.

- Luc a besoin de vous.

- On ne va pas encore ramasser Marc? s'exclame Pierre.

- Vous avez gagné!

- La dernière fois, il a pissé sur la voiture ...

- C'est un motif suffisant pour l'amener ici et c'est ce qu'on veut, non? Bonne journée!

Normand et Pierre sortent du local et se dirigent vers la sortie de l'immeuble. Ils se rendent là où sont les auto-patrouille. Normand et Pierre montent dans l'une d'elle. Pierre conduit et Normand voit Anne lui faire un signe. Il secoue la tête et puis ne voit plus rien.

- Qu'est-ce qu'il y a? demande Pierre.

- Rien.

- T'as l'air bizarre aujourd'hui.

- Ça va aller. Je me sens en pleine forme.

- Encore heureux.

Normand et Pierre font leur patrouille et s'arrêtent sur le coin d'une rue. Il y a un piéton qui s'approche. Il a l'air d'un ado et est accompagné d'un autre ado. Après un petit échange de bravade, il descend sa braguette et commence à pisser sur la voiture. Normand se tape le front en s'exclamant que ce n'est pas possible. Pierre et Normand descendent de la voiture et passent rapidement les menottes à l'ado.

- Hey! J'ai pas fini!
- T'avais qu'à y penser avant, souligne Normand.
- Laisse au moins couler pour pas que ça pue dans la voiture, précise Pierre.
- Tu peux en être sûr.
- Je peux remonter ma braguette? demande Marc.
- Non.
- Les gars!!
- Faut que ça ait l'air vrai ... ajoute Pierre.

Ils font monter Marc dans la voiture. Ce dernier sacre et supplie de le laisser s'arranger. Ils arrivent au poste.

- Les gars, si vous ne me laissez pas m'arranger, je vais avoir l'air fou. Il y a des policières avec qui je travaille que je ne pourrai plus regarder en face.

Pierre regarde Normand.

- Il n'a pas tout à fait tort. Ce n'est pas une initiation d'université qu'on fait.

Normand se tourne vers Marc.

- Correct! Mais avant, je veux que tu comprennes bien une chose. Ce n'est pas la première fois que je ramasse des infiltrateurs. Si on te ramasse toujours de la même manière, tu vas finir dans le fond d'une rivière. La prochaine fois, laisse-nous inventer quelque chose. Compris?

- Compris. Je n'avais pas vu ça de même.

Normand va derrière enlever les menottes quelques instants, le temps que Marc s'arrange, puis les lui remet. Ils amènent Marc à l'intérieur du poste dans un bureau où Luc les attend. Ils le détachent et Marc s'assoit en face de Luc.

- Il a encore pissé sur la voiture, explique Normand.
- Que ce soit la dernière fois! Ceux que tu infiltres ne sont pas des idiots. Si tu te fais toujours embarqué de la même manière et

que des parties de leur organisation disparaissent après, ils vont faire des rapprochements.

- Oui, Normand m'a expliqué ça.

Marc sort un CD-ROM de sa veste de cuir.

- Voilà les différents codes des différentes bandes de jeunes avec les noms de ceux qui gardent les informations.

Luc prend le CD et l'insère dans l'ordinateur.

- Voyons ça. Est-ce que tu as noté les systèmes d'exploitation des machines?

Marc s'approche du bureau pendant que Pierre et Normand sortent.

- Oui. Les plus durs à pirater vont être ces quelques McIntosh qui utilisent les vieux OS. Les nouveaux ici utilisent du Linux Mach IV. Presque pas de Windows pour les PC.

- Ils sont convaincus d'être à l'abri avec des systèmes Unix et Linux?

- C'est à peu près ça.

Pendant un moment, ils discutent et prennent des notes sur un des écrans.

Quelques fois, Luc se sert de son deuxième ordinateur. Soudain Luc sursaute.

- Qu'est-ce que c'est que ça?

- Aucune idée. Je sais que cela implique les gangs jamaïcaines et latinos. Ça semble un échange entre les deux. C'est crypté.

- Oui, je vois bien ça.

Luc prend en note le message et le transcrit ensuite sur le deuxième ordinateur. Après un temps de traitement, les résultats apparaissent à l'écran. Marc pousse un sifflement de surprise.

- Tout un échange : fusils d'assaut, lance-roquettes, armes de poing, ...

- Ouin! destiné à Tit ange ... J'ai un dossier à ce nom-là.

Quelques clics de souris plus tard :

- Sylvain Renaud alias Tit ange. Trafic d'armes pour les Jackets. Tous ses achats sont concentrés dans le secteur de la Cité de la mode depuis un mois ou deux. Ça sent la couverture ...

- Couverture?

- Oui. Tu t'arranges pour faire partie du décor et qu'on soit tellement habitués de te voir qu'on ne te remarque plus.

Luc ferme ses ordinateurs et se lève en même temps.

- On va aller lui rendre une petite visite au plus sacrant. Toi, je te fais transférer chez le juge de première instance.

Il presse un bouton dans un genre d'interphone.

- J'ai besoin de deux policiers pour se faire tabasser un peu.

- On vous envoie ça, inspecteur.

Peu de temps après, on cogne à la porte et deux policiers grands et costauds entrent dans le bureau. Marc les regarde, dépité.

- Qu'est-ce que tu veux que je fasse avec ça? Je leur frapperais dessus avec une barre de fer pis je leur ferais même pas un bleu!

- Il n'y a personne d'autre?

Les policiers font non de la tête. Luc fait une grimace et un geste d'impuissance. Marc soupire en se prenant la tête. Finalement, il se décide à sauter sur les policiers. Quelques coups sont échangés et les policiers s'arrêtent dès que de légères marques sont visibles.

- Ok! ça suffit. Résistance à agent et on laisse le juge décider.

- J'espère qu'il va être indulgent, précise Marc en touchant sa blessure. Ça fait pas trop de bien ...

Les policiers lui remettent les menottes et sortent. Luc prend son téléphone et commence à organiser la descente.

Plus tard, Luc est en faction devant une bâtisse industrielle. Un homme sort de la bâtisse.

- Le voilà.

Il sort de la voiture et s'avance par derrière vers l'homme en question. Sur le coin d'une rue, l'homme est entouré par des policiers, dont Pierre et Normand. Il essaye de se sauver, mais il est rapidement maîtrisé. Luc le fouille et prend ses clefs.

- Alors Tit ange, c'est quelle clef pour ton entrepôt?

- Tu n'as qu'à la trouver, face de rat!

- Très aimable! On peut se passer de toi. Je sais exactement où est le local, il ne me reste qu'à essayer les clefs. Si tu nous aides un peu, on en tiendra compte.

- Ok. Celle avec l'anneau jaune.

- Merci!

Il retourne vers la bâtisse et y entre suivi d'autres policiers en civil. Ils se rendent à l'entrepôt. Ils trouvent une pièce pleine de caisses. Ils les ouvrent et commencent à en faire l'inventaire. Un policier appelle Luc, lui montre une caisse ouverte et lui explique que visiblement il manque un pistolet dans celle-là. Luc a une exclamation de dépit et sort en courant. Il monte dans sa voiture et se met en contact avec la voiture qui emmène Tit ange. Il va la rejoindre. Il descend de sa voiture et s'approche de l'autre voiture. Il ouvre la porte et s'adresse à Tit ange.

- Il manque une arme. Tu l'as vendue à qui?

- Se faire pogner avec les armes, c'est un accident qui peut arriver. Donner les noms des clients, c'est le fond de la rivière assuré. Trouve le toi-même et y'a pas à marchander là-dessus.

Luc referme la porte et regarde la ville pensif. Il réfléchit à tout ce qui peut arriver quand une arme est en circulation sans contrôle.

Le Faucon est en embuscade. Il a acheté une arme à Tit ange et a limé le numéro de série. Il fait ce métier depuis longtemps et ne s'est jamais fait prendre parce qu'il prend ses précautions. Il guette sa proie qui se trouve au restaurant. Un groupe d'amis sortent du restaurant. Ils se saluent et vont dans des directions différentes. Un des hommes entre dans le stationnement. Le Faucon jette un coup d'œil aux alentours et descend de sa voiture. Il s'approche de l'homme, lui tire deux balles et laisse tomber son arme. Il retourne rapidement à sa voiture et s'enfuit. Un attroupement se fait autour de l'homme. Un des badauds ramasse l'arme et s'en va.

Dans l'auto-patrouille de Normand, la radio lance un appel.

- Orchidée 5! Coup de feu au coin de la 5ᵉ Avenue et Sauvé.
Normand décroche le micro.
- On s'y rend tout de suite!
Pierre passe son gilet pare-balles et aide Normand à enfiler le sien pendant qu'il conduit. Ils arrivent dans le stationnement et descendent de leur voiture. Ils vérifient qu'il n'y a pas de danger et examinent l'homme qui vient de se faire tirer.
- Il est blessé gravement, mais il vit, constate Pierre.
Normand appelle l'ambulance et des renforts pendant que Pierre met quelques pansements d'urgence pour réduire l'écoulement de sang. Il parle au blessé en lui demandant de rester avec lui. Une ambulance arrive et Yvan sort ses appareils de mesure pendant que Léon, son équipier, sort la civière. Il commence par mettre les appareils de mesure sur différents points du corps de l'homme tout en appelant le Dr Benoît sur une radio. Il prend ensuite en charge les pansements que Pierre a commencé à faire. Yvan et Léon mettent ensuite l'homme sur la civière, aidés de Normand et Pierre. Ils s'en vont rapidement vers l'hôpital.
- Je me demande ce qu'il voulait dire par « le faucon », se demande Pierre tout haut.
- Qui?
- L'individu. Il ne cessait de répéter « le faucon ».
- Ça me dit de quoi, dit-il en appuyant sur le bouton du micro qui le relie au central. Ici Orchidée 5. Je voudrais parler à l'inspecteur Dagenais.
Après quelques minutes d'attente on entend un grichement.
- Inspecteur Dagenais.
- Orchidée 5. Nous venons d'avoir un blessé par balles qui mentionnait souvent le nom « le Faucon ».
- Ok. Le Faucon est un exécuteur du milieu. Donnez-moi votre position et surtout mettez la main sur l'arme.
Normand regarde Pierre en fronçant les sourcils.
- As-tu vu une arme ici?
- Non, pas du tout.

Normand informe Luc qu'il n'y a pas d'arme. Luc sacre et explique que le Faucon laisse toujours son arme sur place et qu'elle est généralement neuve. L'équipe d'intervention se présente et boucle le périmètre. Simon est avec eux et commence par ramasser les douilles de l'arme. Peu de temps après, Luc arrive à son tour et demande des informations à Normand. Après l'échange, Normand et Pierre remontent dans leur voiture et rédigent leur rapport sur l'ordinateur de la voiture. Anne apparaît aux yeux de Normand sur le siège arrière de la voiture de patrouille. Normand et Pierre circulent à nouveau dans les rues.

- Papa! dit Anne. Tu dois aller au dépanneur couche-tard au coin de Francis et Fleury! Je ne peux pas t'expliquer pourquoi.

- Euh! Pierre ... Si on allait acheter tes billets?

- Mes billets?

- Oui, tes gratteux là!

- Tu ne crois jamais à ces affaires-là!

- Habituellement, non. Mais là, c'est spécial.

- Comment ça?

- Je ne peux pas t'expliquer.

- Ok. On va aller dans ce dépanneur-là.

- Non, pas celui-ci. Je vais te montrer lequel.

- Tu sais que je trouve ça bizarre? T'aurais pas une fièvre tout d'un coup?

- Non, je me sens très bien. Du moins, je pense.

Pierre regarde Normand et décide de ne rien dire. Il démarre la voiture.

Pendant ce temps, au dépanneur, un individu met quelque chose sur le comptoir et la caissière inscrit le montant sur la caisse. Il sort le pistolet qui a servi au Faucon et demande le cash du tiroir. La caissière commence à lui donner l'argent dans un sac. Un bruit de porte se fait entendre en même temps que des bouteilles qui s'entrechoquent. Le voleur se retourne d'un bloc et tire sur un commis. La caissière commence à crier. Le voleur se retourne et lui tire une balle. Il la manque. Il prend le sac et sort en vitesse du dépanneur.

Comme il sort, la voiture de police de Normand et Pierre arrive. Le voleur se met à courir. Normand descend en vitesse et se met à sa poursuite pendant que Pierre signale l'incident et manoeuvre sa voiture pour couper la route au voleur un peu plus loin.

Au même moment, sur une rue transversale, un homme suit une femme. Il se met à courir et arrache la sacoche de la dame et s'enfuit le plus vite possible. Arrivé au coin de la rue, il croise Normand qui poursuit son voleur. Il lui fonce dedans, le bouscule et tombe par terre l'entraînant dans sa chute. Pierre entend le cri de Normand dans le micro. Il décroche le micro de la voiture tout en faisant demi-tour.

- Orchidée 5! Abandonne la poursuite du suspect qui courait en direction Ouest sur la rue Fleury.

- Décrivez le suspect, Orchidée 5.

- Blanc, grandeur moyenne, cheveux bruns. Je l'ai à peine vu.

- OK! À toutes les voitures du secteur Ahuntsic. Vérifiez les joggeurs, principalement ceux qui ne sont pas habillés pour. C'est tout ce qu'on a.

Pierre se dirige vers l'endroit où Normand est entré en collision avec le voleur de sac à main. La dame a rejoint Normand et le remercie d'avoir arrêté le voleur.

- Je n'ai vraiment pas fait exprès madame ...

Pierre arrête la voiture et descend.

- Pas trop de mal?

- Non, quelques égratignures seulement. Où est l'autre salopard?

- Je l'ai perdu et je ne l'ai pas assez bien vu pour lancer une battue.

- Bon, on embarque celui-là et on retourne d'où venait l'autre salopard. S'il s'est mis à courir, c'est qu'il y avait une raison.

Ils embarquent le voleur de sacoches et demandent à la dame

de se rendre au dépanneur. Ils retournent vers le dépanneur. La caissière, en pleurs, essaie d'étancher le sang qui sort du corps du jeune homme lorsque Pierre et Normand entrent. En voyant cela, Pierre sort rapidement pour aller chercher la trousse de premier soin dans le coffre arrière de l'auto-patrouille. Normand se dirige vers le jeune homme en appelant une ambulance. Il écarte la jeune fille et prend quelques linges pour stopper un peu l'hémorragie. Pierre rentre avec la trousse et il l'aide un peu.

L'ambulance d'Yvan et Léon est la plus proche du dépanneur. Ils y sont envoyés en vitesse. Léon fait la remarque que cela risque d'être une journée occupée. Ils arrivent au dépanneur en même temps que le camion de service d'Urgence santé qui vient les réapprovisionner. Un commis prend l'inventaire de l'ambulance pendant que les ambulanciers entrent dans le dépanneur avec la civière. Yvan et Léon entrent dans le dépanneur.

- Les professionnels sont arrivés! Ouash! Méchant trou.
- On n'arrive pas à stopper l'hémorragie, précise Normand.
- Léon, mets-moi en communication avec le doc et sort le robot.

Pierre et Normand font de la place aux ambulanciers. Pierre demande à la jeune fille si elle est blessée et elle répond non. Léon ouvre une valise et allume un portable. Il sort un appareil comportant une caméra binoculaire. Il établit la communication radio et ordinateur avec le Dr Benoît. Yvan décrit la situation au docteur.

- Bon, je prépare une salle.
- Le problème, c'est qu'on n'aura pas le temps de vous l'amener. Ça saigne, puis pas à peu près. Il faudrait intervenir au moins pour le stabiliser.
- Tu veux essayer la télé-chirurgie?
- C'est le moment ou jamais, non?
- Avec un autre que toi, je n'essaierais pas. Ah, je vous vois sur l'écran.

Léon s'installe derrière l'appareil et le met en position pour que le Dr Benoît puisse voir tous les gestes d'Yvan. Yvan met un masque et sort des instruments stérilisés. Il opère pour arrêter le saignement.

- Ok, c'est correct! Est-ce que cela saigne ailleurs?

- Non, pas d'après ce que je vois.

- Ok, amenez-le moi. Je vais terminer le travail ici.

Yvan et Léon installent le blessé sur la civière et le sortent. Pendant ce temps, Simon entre ainsi que le propriétaire du dépanneur. Léon revient dans le dépanneur.

- Voulez-vous venir avec nous? demande Léon en s'adressant à la jeune fille en pleurs. Je crois que vous en avez besoin.

- Hey! J'ai besoin de quelqu'un pour ma caisse, intervient le propriétaire.

- C'est pas tout à fait comme ça que ça marche, réplique Normand. Elle a le droit de se faire soigner après ce qu'elle vient de vivre.

La jeune fille fait signe que oui et Léon l'amène à l'ambulance. De son côté, Simon ramasse les douilles et passe une sorte de rayon laser dessus. Un numéro apparaît. Il émet un sifflement.

- C'est le même numéro que les balles tirées par le Faucon.

- Ça veut dire?

- Même balle, même arme généralement.

- Merde!

- Orchidée 5 à centrale!

- Centrale à l'écoute.

- Nous avons un deuxième blessé avec la même arme et elle se balade toujours dans la nature.

- Vous pourriez préciser, Orchidée 5?

- C'est le deuxième crime auquel nous répondons et où on a utilisé la même arme.

- Passez sur fréquence 2, Orchidée 5.

Pierre et Normand changent de fréquence.

- Vous avez poursuivi le suspect jusqu'où? demande le superviseur.

- Deux coins de rue, pas plus.

- Ok, j'organise une battue. On va renforcer les patrouilles dans votre secteur pour inciter le suspect à se débarrasser de l'arme. Centrale, envoyez tout le personnel disponible. Point de ralliement au dépanneur.

Simon s'approche de Normand.

- Tu crois que tu pourrais faire un portrait-robot?

- Je peux toujours essayer.

Ils sortent du dépanneur et font sortir le propriétaire après avoir pris l'empreinte de ses souliers. Simon fait prendre les siennes et celles de Pierre en même temps. Les autres membres de l'équipe scientifique inspectent le dépanneur à fond. Il y a plusieurs voitures de police qui se stationnent autour du dépanneur. Le superviseur descend de sa voiture et ouvre une carte qu'il étale sur une des voitures de police. Il répartit les équipes pour faire la fouille du quartier. Luc et Jean se présentent aussi.

- Votre suspect allait dans quelle direction? demande ce dernier.

- Vers l'ouest.

- Je prends le côté sud et toi le côté nord? propose Jean à Luc.

- Ça me va.

- On va le retrouver.

Jean et Luc remontent la rue en questionnant les commerçants et les gens assis sur des bancs. Pierre et Normand s'approchent du superviseur.

- Quel est notre secteur de fouille?

- Vous n'en avez pas. Le secteur que l'on peut se permettre de fouiller est trop petit et vous avez un client à emmener au poste. Pouvez-vous me dire où vous êtes passés vous deux?

- Je ne comprends pas. On est là et on était en patrouille, répond Pierre.

- Vous avez remarqué que vous aviez des taches de sang sur vous? Après avoir emmené votre client au poste, allez vous changer.

- Il faut que je retrouve cette arme! supplie Normand.

- Écoute, je sais pour ta fille et je connais ton implication pour le contrôle des armes à feu, mais mets-toi à ma place. Je ne peux pas envoyer un policier avec du sang sur lui faire des fouilles. Les journalistes vont te sauter au collet et vont essayer d'inventer n'importe quelle histoire. Fais ce que je te dis.

Pierre acquiesce et entraîne Normand qui bougonne un peu.

Les policiers commencent à fouiller partout. Ils écartent des buissons et ouvrent des poubelles ou des contenants accessibles. Jean sort d'un commerce et cherche Luc du regard. Il l'appelle à grands cris quand il l'aperçoit.

- J'ai le nom du type! Quelqu'un l'a reconnu!

Jean et Luc retournent à leur voiture et Normand retourne chez lui.

À la fin de la journée, les policiers n'ont rien trouvé. Normand attend Céline dans le stationnement du poste de police. Il est pensif et son uniforme est propre. Il n'y a personne autour de lui. Soudain, Anne apparaît juste à côté de lui.

- Ne t'en fais pas, cela va aller mieux demain.

- Je devrais peut-être aller voir un psy.

- Non. Tu n'es pas anormal. On m'a demandé d'être disponible pour toi pendant une certaine période.

- Qui?

- Appelons-le Dieu.

- Dieu voudrait que je trouve l'arme? Ça me semble un peu ... je ne sais pas ... dérangé? Les personnes qui tuent sur l'ordre de Dieu ont souvent une case en moins.

- J'ai toujours aimé ton côté rationnel, répond Anne en riant. Si tu n'avais qu'à trouver l'arme, j'aurais le droit de te dire où elle est. Je suis là uniquement pour développer ton intuition.

- Parce que tu sais où elle est?

- Céline arrive papa. Bye!

Et elle disparaît pendant que la voiture de Normand pénètre dans le stationnement.

Plus tard, alors que le soleil est couché, Luc et Jean surveillent attentivement tous les côtés de la rue qui mène à l'entrée d'un bloc appartement. Normand est près de l'entrée, mais pas en uniforme. Il fait des heures supplémentaires parce qu'il n'aime pas l'idée d'une arme qui se balade dans une ville. Normand fait un signe. Luc et Jean sortent de la voiture et marchent derrière l'individu qui a fait le vol. Lorsqu'ils sont près de Normand, les trois hommes maîtrisent rapidement l'individu en le projetant sur le mur et le fouillent.

- Il n'a pas d'armes, constate Luc.

Jean passe les menottes à l'individu qui proteste.

- J'ai rien fait moi!

- C'est possible, mais nous aimerions vérifier. Si vous n'avez rien fait, on peut aller visiter votre appartement?

- Vous êtes pas mes amis, que je sache!

- Non, mais on est de la police et on voudrait voir.

- Il vous faut un mandat!

- Aux États-Unis, oui. Pas ici. Par contre, on aimerait bien être invités. Si vous n'avez rien fait, vous n'avez rien à cacher ...

Le suspect accepte et indique où il a mis sa clef. Ils entrent dans le bloc et vont ensuite à l'appartement. Normand surveille le suspect pendant que Jean et Luc fouillent partout. Ils ne trouvent rien. Ils repartent avec le suspect.

Ils l'amènent dans une salle au poste de police. Ils vont vers une salle d'interrogatoire, le font asseoir et lui enlèvent les menottes. Simon entre en apportant ce qui ressemble à des feuilles.

- Vous voyez bien que je n'ai rien fait. Pourquoi vous ne me laissez pas partir? leur dit l'individu.

- Nous voulons juste vous poser quelques questions et faire quelques vérifications. Est-ce qu'on pourrait avoir vos chaussures S.V.P.? lui demande Jean.

Le suspect les lui donne. Simon les prend et les presse fortement sur les feuilles qu'il a apportées. Il compare les empreintes avec celles retrouvées sur le lieu du vol et elles correspondent. Jean remercie Simon lorsqu'il sort. Luc s'assoit à côté de Jean.

- Résumons-nous. Vous n'avez rien fait, mais nous vous

voyons sur la bande vidéo du dépanneur, dit-il en posant une cassette sur la table. Vos empreintes de chaussure correspondent à celles trouvées sur les lieux. Un point positif, c'est que vous n'avez pas d'arme. Qu'en avez-vous fait?

- C'est pas moi, j'vous dis!!

Écoutez, explique Jean d'un ton calme et empathique, l'arme avec laquelle on vous voit sur la vidéo a servi à blesser quelqu'un juste avant et on voit clairement votre visage sur la vidéo. Le commis que vous avez blessé va s'en sortir sans trop de dommages. Ça va prendre un peu de temps, mais il va s'en sortir. Si on va en cour, les jurés pourraient décider que vous avez blessé l'autre gars aussi. Nous, tout ce qu'on veut, c'est mettre les choses claires, ben claires.

Luc et Jean regardent le suspect sans rien dire. Après une ou deux minutes, Luc prend une attitude intime.

- D'après la vidéo, t'as vraiment pas l'air d'un gars qui a voulu tirer. Ça donne vraiment l'impression que c'est un accident.

- Oui. Il m'a fait sursauter ...

Le suspect s'arrête de parler en se rendant compte qu'il a trop parlé.

- Fais-toi s'en pas, le rassure Jean. Ton cas n'est pas si grave que ça. C'est juste un p'tit vol, mais on se demandait si t'étais capable de répondre à quelques autres questions.

- Au point où j'en suis.

- L'arme, tu l'as eue comment?

- Je l'ai ramassée dans le stationnement où quelqu'un venait de se faire tirer.

- Est-ce que t'as vu celui qui a tiré?

- Tout ce que j'ai vu, c'est un blondinet qui a sauté dans une voiture noire. Tout ce que j'ai vu, c'est la couleur des cheveux.

- Qu'est-ce que tu as fait de l'arme?

- Je l'ai mis dans une boîte à malle sur la rue Fleury.

- Ok. Est-ce que tu veux parler à un avocat? Est-ce que t'en as un? Est-ce que tu préfères qu'on t'en trouve un?

- Oui, parce que j'en connais pas.

- Ok, Je t'arrange ça.

Jean se lève.

- Lève-toi.

Il lui remet les menottes.

- Suis-moi.

Luc se lève aussi et suit Jean qui emmène le suspect vers la sortie. Jean va vers les cellules avec le suspect et Luc va rejoindre Normand qui attend près du poste de réception.

- Est-ce qu'il vous a dit où est l'arme?

- Non. Il nous a dit qu'il l'avait jeté dans une boîte à malle.

- À quelle place? Il faut la trouver tout de suite!

- Écoute. Les postiers sont passés. Ils ont vidé les boîtes à malle, pis ils nous l'ont pas rapportée. Ça veut dire qu'il y a des chances qu'un postier l'ait gardée. Pis comme on ne sait pas qui passait dans le quartier, il faut le demander à l'administration. Les bureaux ouvrent seulement demain matin. Tu devrais rentrer chez-vous.

- J'ai pas le choix. Je vais y aller.

La nuit s'étend sur la ville. Dans un bloc appartement, une sonnette se fait entendre. Quelqu'un s'approche de la porte.

- Qui est là?

- C'est la compagnie d'assurance qui m'envoie chercher les copies des dossiers.

La personne ouvre la porte en maugréant.

- Une chance que vous payez bien ces renseignements-là.

Le Faucon referme la porte et allume la lumière. Il sort un pistolet avec un silencieux, le plaque sur l'arrière du crâne de l'homme qui vient de lui ouvrir et tire. Il laisse ensuite tomber l'arme et fouille délicatement l'appartement jusqu'à ce qu'il trouve une badge de sécurité. Il la recouvre d'un autocollant. Il dépose ensuite une enveloppe contenant des billets de banque sur la table et sort en fermant la lumière.

Plus tard, à l'hôpital où est hospitalisée la personne qu'il a manquée, le Faucon tourne un coin de couloir et s'approche de la porte gardée par un policier. Il entre dans différentes chambres et change les serviettes. Il essaie ensuite d'entrer dans la chambre gardée. Le policier lui demande nonchalamment son badge. Le policier note l'entrée sur son palm pilot et le Faucon lui demande ce qu'il entre. La description floue : «blond, grassouillet», le rassure. Il entre dans la chambre. Le Faucon s'approche de sa victime du matin et sort une seringue. Il la plante dans l'embout de soluté et en injecte au complet le contenu. Il change ensuite les serviettes et sort.

Plus tard, dans un autre appartement, un téléphone sonne et deux personnes sursautent. Luc prend vivement le téléphone et répond.
- Quoi?
On murmure au bout du fil.
- Ok, j'ai compris. Ça vient de gâcher ma nuit ...
Il se lève et va se faire un café. Pendant que l'eau commence à bouillir, il fulmine. N'y tenant plus, il jette sa tasse sur le mur où elle se brise. Sa femme vient le rejoindre.
- Veux tu bien me dire qu'est-ce qui se passe?
- L'homme qui a vu le Faucon vient de mourir soudainement, sans raison apparente.
- Ça arrive.
- Ouais! Sauf que les médecins étaient sûrs qu'il était hors de danger.
- Ils peuvent s'être trompés, dit-elle en commençant à ramasser les débris.
- Peut-être. Reste que c'est frustrant en maudit. Il me nargue et je n'ai aucune idée de ce dont il a l'air.

Plus tard encore, dans un autre quartier de la ville, un cadran sonne. Léon sursaute et l'arrête. Il se lève, enfile une robe de chambre et dépose un baiser sur le front de sa femme. Il sort de la chambre pour aller prendre une douche.

Cinquante minutes après, il stationne sa voiture, entre dans le dispatche des ambulances et prend différents papiers. Il y retrouve Yvan. Ils vont à l'ambulance en échangeant des plaisanteries. Léon se met au volant.

Comme beaucoup d'ambulanciers qui ramassent des bouts d'êtres humains, Léon et Yvan ne manquent jamais une occasion de plaisanter. C'est leur manière de se défendre de l'horreur de leur quotidien. Leur radio transmet un appel.

- Équipe 51, rendez-vous au 10240 Millen, app. 350.

- On part les turbos et on fonce! répond Léon.

Il pointe le doigt vers la radio.

- Met Batman! Celle de l'émission.

Yvan s'exécute pendant que Léon met en marche les lumières sans pour autant faire partir la sirène. Après un certains temps, ils arrivent à l'adresse mentionnée. Ils débarquent la civière et le matériel d'intervention et montent à l'appartement en écartant les gens sur leur passage. Yvan entre le premier dans l'appartement et en sort aussitôt avec un air zombi.

- Qu'est-ce qui se passe? s'étonne Léon.

- C'est un cas pour toi, mon gros nounours ...

Léon regarde Yvan d'un drôle d'air. Il est à la fois intrigué et surpris du mot employé par Yvan. C'est le terme qu'il emploie pour le charrier quand il est attentionné avec sa femme Jacinthe. Yvan l'est autant avec Florence et habituellement ils en plaisantent. Léon trouve que les circonstances sont un peu inappropriées à l'instant même. Il entre. Il a un léger sursaut et continue à avancer. Il s'assoit sur un genre de tabouret et se met à parler doucement.

- Nous sommes ici pour vous aider, madame. Nous ne vous toucherons pas si vous ne le voulez pas. Moi, je suis meilleur en psycho et mon collègue a presque fini sa médecine. Est-ce qu'il peut vous examiner?

La femme qui est attachée dans le salon et qui a quelques hématomes visibles dit oui avec un sanglot. Léon fait signe à Yvan d'approcher. Yvan fait les tests et en arrive à la conclusion qu'il n'y a pas de dommages physiques graves. Il le fait savoir à Léon.

- Je pourrais demander à des policières de nous accompagner. Vous êtes d'accord?

La femme répond à nouveau oui. Léon fait signe à Yvan et ils prennent leur distance. Léon s'approche du policier qui est à l'entrée de l'appartement.

- Est-ce que tu peux faire venir des policières, S.V.P.?

- Pourquoi? Vous êtes là, non?

- Écoute-moi bien. Elle était attachée pas parce que ça lui faisait plaisir ou parce qu'elle a une tendance maso. Elle a été violée et elle ne veut pas que des hommes la touchent. Mets-toi cinq minutes à sa place et demande-toi si tu appellerais pas plutôt des policières.

Le policier approuve et fait l'appel. Les policières arrivent quelques minutes après et mettent la femme sur la civière. Léon et Yvan la descendent ensuite. Yvan et Léon entrent la civière dans l'ambulance. Léon monte dans le compartiment arrière avec une policière. Yvan ferme les portes et prend le volant.

Dans un autre coin de la ville, il y a deux personnes qui dorment. Le téléphone sonne. Les deux personnes sursautent. Laura décroche le téléphone et répond d'un ton sec.

- Oui!

On entend un chuchotement dans l'appareil.

- Vous n'aviez pas quelqu'un d'autre, non? Bon, j'arrive.

Elle raccroche. Maurice s'assoit dans le lit et la prend dans ses bras.

- Ils sont toujours comme ça?

- Non. C'est juste que c'est un cas de viol et c'est moi la femme en tête de liste pour cette nuit.

- Pas de chance.

- En plus, j'ai les enfants à m'occuper.

- T'en fais pas, je m'en occupe.

- Ce n'est pourtant pas tes enfants.

- Ce n'est pas les tiens non plus si on va par là.

- Oui, mais je les ai sauvés. J'en suis responsable. J'ai toujours peur de t'embêter avec ça.

- Non, au contraire! C'est la deuxième meilleure chose que tu as amenée dans ma vie.

- Et la première?

- C'est toi.

Ils s'embrassent et Laura va prendre sa douche. Elle s'arrête dans le bureau pour démarrer son ordinateur. Elle se connecte à Internet. Elle installe son palm pilot dans le périphérique et lance la synchronisation.

Plus tard, elle se rend à l'hôpital, stationne sa voiture et entre. Elle demande son chemin à la réception et prend l'ascenseur. Quand elle en sort, elle s'approche d'une chambre où il y a Jean qui discute avec le Dr Benoît. Ce dernier a les traits tirés.

- Bonjour! Vous devriez aller vous coucher.

- Je ne vais pas tarder à y aller. C'est vous qu'ils ont envoyés?

- Oui.

- Bon ben, je peux me coucher alors. Je vous ai formée côté médecine.

Il s'en va.

- Comment on procède? lui demande Jean.

- Vous restez ici pendant que je fais les prélèvements et que je l'examine.

Elle entre dans la chambre. Luc sort de l'ascenseur à ce moment-là. Il s'approche de Jean.

- Salut! Au bureau ils m'ont dit que tu étais ici. Je vais avoir besoin d'un petit coup de main.

- Je vais faire mon possible.

- Le témoin que j'avais est mort alors que tout semblait aller bien pour lui.

- Pis, tu penses que quelqu'un a fait le coup?

- J'en suis sûr. Mais je ne suis pas capable de mettre la main sur un renseignement valable, même du policier qui gardait le témoin.

- Ouash! Je pense pas que je puisse t'aider beaucoup. Tu connais la technique autant que moi.

- Oui, mais tu as quand même le chic pour aller fouiller dans des endroits que je ne regarderais même pas.

- J'ai de l'expérience avec les personnes disparues, c'est tout. Tu as vérifié avec les caméras de surveillance?

- Oui et je n'ai rien trouvé. En plus, elles ne sont pas en numérique donc très difficiles à travailler sur ordinateur.

Laura sort alors de la chambre en regardant son palm pilot. Elle lève les yeux et voit Luc.

- Fantastique! dit-elle en regardant Luc. Les douilles qui ont été prélevées et que je viens de récupérer portent le même numéro de série que le vol du dépanneur et la tentative de meurtre dont vous êtes chargé, inspecteur.

Jean et Luc prennent un air déterminé et agacé.

- Ça veut dire que c'est l'arme du Faucon ... On sait qui devrait l'avoir aux dernières nouvelles. On va pouvoir vérifier avec l'ADN?

- Ça m'étonnerait, réplique-t-elle en montrant un coton tige et en faisant la grimace. D'après l'échantillon, la seule chose qui a pénétrée cette femme, c'est une arme.

- Je ne comprends pas. Il y a eu viol ou pas? s'étonne Luc.

- Oui, absolument. Si vous imaginez le vagin comme une horloge, le clitoris est à midi. Un rapport consenti donne des marques dans cette région. Quand une femme ne veut pas, les marques sont dans la région du 6. C'est le cas. Mais les résidus ressemblent à de l'huile. Peut-être une arme.

Ce qui veut dire ... s'étonne Jean. Non!

- Oui. Un violeur n'a pas vraiment besoin de pénétrer une femme. Juste de la faire paniquer, c'est suffisant pour qu'il prenne son plaisir.

- Je vais lui arracher la tête! répond Jean.

- Je vais t'aider! approuve Luc.

Ils marchent d'un pas décidé vers la sortie, l'air sombre. Le personnel soignant s'écarte de leur chemin.

Ils se rendent tous les deux au bureau de poste qui dessert le quartier. Des gens entrent dans la salle et s'aperçoivent que la sortie est gardée par Normand et Pierre. Luc et Jean sortent d'un bureau avec un autre homme qui porte l'uniforme des postiers.

- Tout le monde est là?

- Oui.

- Lequel s'occupait de ce secteur hier?

- Lui.

Jean, Luc, Pierre et Normand s'approchent de l'homme.

- Gardez vos mains bien en vue. Pas de mouvement brusque, l'averti Pierre.

- J'ai rien fait!

- C'est ce qu'on va voir, réplique Jean. Vous avez le choix. Vous criez ici et on vous sort avec les menottes ou vous venez vous expliquer très gentiment au poste et nous prouver qu'on se trompe.

L'homme accepte. Il est escorté par Normand et Pierre qui se tiennent sur leur garde au cas où il serait armé. Avant de le faire monter, Normand procède à une fouille rapide du postier. Ils l'emmènent ensuite au poste pendant que Luc et Jean montent dans leur voiture.

Au poste de police, le postier est amené dans une salle. Normand et Pierre retournent en patrouille pendant que Luc et Jean entrent. Ils s'assoient et regardent un moment le postier.

- Qu'est-ce que je fais ici?

- Hier soir, vous avez ramassé le courrier dans le secteur Fleury, commence Jean.

- Oui.

- Et vous avez trouvé une arme, non?

- Absolument pas!

- Nous savons que l'arme était là et on peut dire exactement dans quelle boîte aux lettres. Il n'y a que vous qui avez ramassé les lettres.

- Pis? J'ai rien vu, moi.
- J'ai l'impression que vous nous mentez.

Luc met la main sur le bras de Jean.

- Si c'est vrai, intervient Luc, vous ne voyez aucun inconvénient à ce que nous visitions votre logement?
- Ça prend un mandat!
- Aux États-Unis, peut-être. Ici, si on pense que vous avez fait quelque chose, on peut aller voir.
- Par contre, on peut se faire poursuivre pour fouille abusive si on n'a pas de mandat. Vous n'avez rien contre le fait qu'on en demande un? ajoute Jean.
- Non. Tout est beau.

Jean s'aperçoit qu'il y a quelque chose qui ne va pas. Le suspect est trop calme, presque froid.

- Vous pouvez nous attendre un moment?

Jean et Luc sortent de la pièce.

Luc s'adosse au mur.

- C'est un coriace, commente-t-il.
- Oui. Il réagit comme un habitué. Je vais voir si on n'aurait pas un dossier. Il a peut-être la certitude qu'il a tout bien maquillé.
- On le met en cellule temporaire. Toi, tu vas chercher la police scientifique et moi le mandat.
- C'est parti!

Ils font signe à un policier en uniforme et ensuite ils partent chacun de leur côté.

Jacques et Robert sortent d'une maison.

- Tu es sûr que tu veux marcher? demande Robert.
- Oui, absolument. Ça me maintient en forme.
- Bon, ben à ce soir!

Robert monte dans son camion et Jacques entreprend énergiquement sa marche. Il traverse certains parcs, ce qui lui permet d'éviter les embouteillages. Il arrive au palais de justice. Il entre dans son bureau et aperçoit Luc.

- Bonjour! De bonne heure ce matin!
- Oui, j'ai besoin d'un mandat.
- D'accord. Pourquoi au juste?
- Viol, agression armée et peut-être autre chose.
- Vous n'avez pas l'air sûr.
- Sûr oui. Il était le seul à avoir une clé pour prendre l'arme. C'est tout ce qu'on a.
- Je vois, Ghislaine, préparez-moi deux mandats, un pour le logement et un pour la personne.

Jacques entre ensuite dans son bureau pour déposer ses affaires et s'installe à son bureau. Il consulte son agenda électronique et classe ses dossiers avant de les lire. Un bip retentit. Il sort du bureau et relit les mandats avant de les signer. Il les remet à Luc.

Un peu plus tard dans l'appartement du suspect, la porte s'ouvre et Laura entre avec une petite lampe de poche et sa mallette. Elle fait quelques prélèvements de fibres sur les vêtements et les étiquettes. Elle retourne ensuite au laboratoire, passe différentes lamelles au microscope et note les résultats dans un dossier.

Quelques heures plus tard, le postier est ramené dans la salle d'interrogatoire. Laura, Luc et Jean entrent ensuite. Ils s'assoient.
- Vous nous avez dit que vous n'aviez pas ramassé l'arme, commence Luc.
- Exactement.
- Ce n'est pas tout à fait ce que vous nous avez dit, mais bon ..., précise Jean.
- Voici les tests chimiques qui prouvent que la poudre dans le loyer de la victime et celle sur vos mains est la même, expose Laura.
- Ça ne veut rien dire!
- Voici des fibres trouvées sur une de vos chemises. Les fibres

sont celles des vêtements de la victime et elles contiennent les cellules épithéliales de la victime. Les tests d'ADN sont positifs.

- C'est arrangé avec le gars des vues!

- C'est sans doute pour ça qu'on a trouvé sa culotte dans la poche de votre manteau, dit Jean en sortant un paquet.

- J'ai des témoins avec qui j'étais à cette heure-là!

- Du calme, du calme, s'exclame Jean. J'aimerais bien savoir à quelle heure ces témoins-là vous ont vu. On ne sait pas à quelle heure ce viol est arrivé et on n'a même pas encore parlé de l'heure, donc ...

Il y a un moment de silence.

- Où est-ce que vous avez mis l'arme? demande Luc.

- Dans un buisson, au coin de la rue.

- Merci, je vais vérifier ça.

Luc se lève et sort.

- Maintenant, si on refaisait le fil des événements, dit doucement Jean.

Normand et Pierre sont devant un café dans un restaurant lorsqu'ils reçoivent un appel.

- Orchidée 5, vous êtes demandés par l'inspecteur Dagenais au coin de Francis et Prieur.

- Bien reçu. On y va.

Ils finissent leur café et s'en vont.

Luc et un certain nombre de policiers recherchent l'arme. Ils ne la trouvent pas.

- Nous sommes arrivés trop tard, constate Luc.

- Sans doute, approuve Normand. Je déteste l'idée que cette arme-là se promène dans la ville.

- Et moi donc. On ne peut pas savoir quelle autre victime elle va faire.

Luc regarde alentour.

- Je vais prendre des renseignements sur les gens qui restent dans le coin. Peut-être que j'aurai un indice.

Il va ensuite voir les autres policiers pour leur dire de retourner à leurs tâches habituelles. Il monte ensuite dans sa voiture et s'en va.

La vie continue au même rythme que celle des autres métropoles. Dans l'après-midi, un coup de feu est tiré dans un bloc appartement. Un moment s'écoule et on entend une sirène. La voiture de Normand et Pierre arrive devant le bloc, sirène hurlante et gyrophare en marche. Normand et Pierre arrêtent la sirène et descendent rapidement de la voiture. Ils entrent en courant dans le bloc.

Quelques minutes après, les policiers barrent la rue avec des rubans rouges. Lisa arrive dans sa voiture et la stationne près du bloc. Elle descend et montre son badge au policier de garde puis elle entre. Elle se dirige ensuite vers l'appartement où s'affaire une équipe de policiers. Simon est en train d'examiner la chambre à coucher où une femme est morte. Lisa s'approche de lui.

- Avez vous trouvé quelque chose?
- Juste une douille et, d'après le code inscrit dessus, c'est une douille de l'arme qu'on cherche depuis deux jours.
- Vous en êtes sûr?
- Absolument. Je vais essayer de voir s'il y a des empreintes. Je n'ai pas vu d'arme.

Lisa laisse Simon et va rejoindre Normand qui attend.

- Vous êtes arrivé en premier?
- Oui. On n'a rien touché et on n'a pas trouvé d'arme. Le mari est arrivé peu après. On aurait dit qu'il s'attendait à nous trouver là.
- Hum...

Elle s'approche du mari qui est interrogé par un autre policier qui prend des notes sur son palm pilot.

- Bonjour! Je suis l'inspectrice Forlano. Vous êtes monsieur?
- Saint-Onge.

- M. Saint-Onge, qu'est-ce qui s'est passé d'après vous?

- Ben, il y a quelqu'un qui est entré et qui a tiré sur ma femme.

- Oui, c'est possible. Je me demande comment il a pu mettre la main si vite sur une arme que l'on cherche depuis deux jours.

- Je ne le sais pas, moi. C'est vous les experts.

- Oui, c'est vrai.

Elle s'approche de la porte.

- M. Saint-Onge, si un inconnu est entré, il a dû forcer la porte? Pourquoi est-ce qu'il n'y a pas de traces?

- Peut-être que ma femme n'avait pas fermé sa porte.

- Peut-être.

Simon sort alors de la chambre.

- J'ai différentes empreintes de pas obtenues par électrostatique. Est-ce que quelqu'un peut aller me chercher les tampons dans le camion?

- Moi, je sais ce que c'est et où les trouver, propose Normand.

- D'accord. Vous prenez les empreintes de tous ceux qui sont entrés dans la chambre, y compris lui.

Normand sort pendant que Lisa s'approche du coin ordinateur.

- Simon! Vous pouvez vérifier les mains de M. Saint-Onge?

- Oui.

- C'est de la fouille abusive.

Lisa se rapproche de M. Saint-Onge en ouvrant son téléphone cellulaire.

- Si vous n'avez rien à vous reprocher vous devriez accepter. Sinon, je peux demander à un juge.

- Vous me suspectez!

- Pas du tout! On ramasse des faits uniquement. C'est la routine.

M. Saint-Onge accepte que Simon fasse des prélèvements pendant que Lisa retourne près de l'ordinateur. Elle s'avise que le modem haute vitesse a une lumière qui clignote. Elle met des gants de latex et prend le modem. Elle examine les connexions puis prend le téléphone cellulaire.

- Sympatico, service des abus.

- Mon numéro de code est 40B7282.

- Comment puis-je vous aider inspectrice Forlano?

- C'est pour le numéro de téléphone (555) 444-1212. Je voudrais savoir s'il y a eu un appel de service.

Il y a un moment d'attente.

- Oui, pour perte de synchronisation il y a 45 minutes.

- Merci.

Lisa raccroche et s'assoit à l'ordinateur. Elle se met à fouiller dans les fichiers cachés et les log files. Elle pousse un petit sifflement.

- Les sites web que vous visitez sont assez exotiques, merci.

- Ce n'est pas un crime.

- Pour la plupart, non. Pour certains autres, je demanderais à un avocat pour être plus sûre que le matériel n'entraîne pas de poursuites. Votre femme était au courant?

- Bien sûr et elle m'y laissait aller.

- Désolée, mais j'ai de la difficulté à vous croire. Je sais que personnellement être en compétition avec Internet ...

Lisa se lève et se dirige vers le sac à main de la victime. Elle l'ouvre et sort la trousse de maquillage. Elle ouvre ensuite le poudrier et en sort un fil de téléphone pas très long.

- Curieux, juste la bonne longueur pour aller sur le modem. Elle voulait vraiment que vous alliez sur ces sites?

Anne apparaît au côté de Normand.

- Papa, c'est important! Regarde ses souliers. Les escargots!

Normand sursaute. Il regarde les souliers de M. Saint-Onge.

- Inspectrice! Regardez ses souliers. dit Normand.

- Tiens donc! des escargots écrasés. Vous êtes venus ici de votre travail?

- Oui.

- Pourquoi le détour par le parc nature?

Le suspect reste silencieux. Il sent bien qu'il est coincé et ne

veut pas parler trop vite. Lisa sait qu'elle peut le faire craquer.
D'un autre côté, il y a toujours cette arme prête à faire une autre
victime. Elle prend une décision.

- Bon, emmenez-le au poste. Il a pas mal de petits détails à
m'expliquer. Est-ce que je peux utiliser votre micro?

- Oui.

- Centrale?

- Oui.

- Inspectrice Forlano. J'ai besoin de tout le monde disponible
pour fouiller le parc nature. Je cherche une arme.

- D'accord, je vous envoie ça.

Des policiers arrivent au parc et se regroupent. Lisa arrive
ainsi que Luc. Il débarque de sa voiture et va rejoindre Lisa.

- Ça en fait pas mal à fouiller.

- Je sais. Je n'ai aucune idée par où commencer.

- J'ai l'impression que je deviens fou, explique Normand à
Pierre. Je vois ma fille qui me donne une direction.

- Elle est peut-être l'ange gardien de quelqu'un. Suis-la, on
verra bien. Ça ne peut pas être pire que d'y aller au hasard.

Normand commence à marcher, puis à courir dans une
direction. Pierre fait signe aux inspecteurs en disant que
Normand a une intuition. Ils le suivent et débouchent dans un
espace dégagé où un ado pointe l'arme vers un autre. Normand
parvient à lui arracher l'arme et à enlever la dernière balle qui
reste. Pendant la bousculade, des bouteilles de Ritalin tombent
des poches de son coupe-vent.

Projet Ritalin

Les deux adolescents insultent les policiers. Jean arrive derrière eux avec d'autres policiers. Lisa et Luc sont venus rejoindre Normand et Pierre.

- La ferme! crie Jean.

- Si on ne t'avait pas arrêter à temps, explique Normand, tu aurais tué ton ami avec la balle qui restait.

Normand la lui montre. Luc s'approche tranquillement d'eux et ramasse quelques bouteilles de Ritalin qui sont par terre.

- Lequel d'entre vous est Alain Roman. Ou encore Claude Lamoureux. Si ce n'est pas Pierre Choquette?

- Il n'y a pas le compte, fait remarquer Lisa.

- C'est vrai. Il y a plus de noms sur les prescriptions que de personnes présentes ...

- On devrait les amener au poste pour voir ça de plus près, suggère Jean.

- Vous n'avez pas le droit de nous arrêter, nous sommes mineurs, argumente un des adolescents.

- On ne vous arrête pas, précise Pierre. On veut juste éclaircir quelques points avec vous. Allez!

Pierre et Normand encadrent les deux jeunes sans leur mettre les menottes. Ils les ramènent vers leur voiture et les font monter.

Un peu plus tard, Normand, Pierre, Jean, Luc et Lisa entrent dans le poste de police avec les deux adolescents. Ils se mettent en ligne derrière un homme qui parle au policier de service.

- Je ne l'ai pas vu depuis hier soir et jamais il n'aurait manqué notre partie de squash.

- Je veux bien vous croire, mais il faut attendre 48 heures.

- Hein! intervient Jean. C'est pour une personne disparue?

- Oui.

- Je vais le prendre. Je vais chercher votre ami dans les endroits où il se tient d'habitude. Nous allons essayer de le retrouver à l'intérieur des 48 prochaines heures. Suivez-moi, j'ai des questions à vous poser.

Jean s'éloigne avec la personne. Lisa s'approche.

- On a amené un M. St-Onge?

- Oui. Nous l'avons mis dans la salle 4.

- Merci.

Elle se dirige vers la salle 4. Luc s'approche ensuite.

- J'ai besoin d'une salle.

- La 1 vient de se libérer.

- D'accord. Vous pourriez m'appeler le bureau du procureur?

- Il y a une procureure dans l'édifice. Elle m'a laissé son numéro de biper.

- Bipez-la S.V.P.

Il s'éloigne ensuite avec les deux ados, pendant que le policier se met une note.

Un peu plus tard, Luc et Lucie sont derrière la vitre sans tain de la salle d'interrogatoire et regardent les deux ados. Ces derniers parlent de hockey. Les boîtes de pilules sont sur un côté de la table.

- Qu'est-ce que tu en penses?

- Je ne peux rien faire avec ça. Ils ne seraient même pas condamnés au tribunal pour mineurs.

- Ils ont quand même une vingtaine de bouteilles de Ritalin.

- Je le sais. Un bon avocat va impliquer une autre personne et, devant un juge, il n'a même pas besoin de la nommer. Vous devez faire la preuve du trafic et de qui est impliqué.

Luc pousse un soupir.

- Donc, je les laisse aller.

- Nous n'avons pas le choix.

- Au moins, je vais pouvoir garder les bouteilles.

- Non. Les bouteilles ne constituent pas une preuve formelle. C'est un élément de preuve. Vous avez mis la main dessus par hasard, ce qui est admis en droit canadien. Mais il n'y a rien de répréhensible à avoir des médicaments. Vous êtes obligés de leur remettre les bouteilles.

- Ça n'a pas de bon sens! Ils vont les revendre!

- Si vous avez la liste des clients, on peut faire quelque chose. Il faut les deux. Les bouteilles et la liste de clients. Avec les bouteilles seulement, cela soulève trop de doutes.

Le téléphone cellulaire de Luc sonne. Luc répond. C'est Jean qui l'appelle.

- Luc! Tu te rappelles le type qui signalait la disparition d'un de ses amis?

- Un peu. Je n'y ai pas porté une attention spéciale. Pourquoi tu me parles de ça?

- Parce que je viens de retrouver le disparu. Une balle dans la tête, un pistolet de contrebande neuf avec une seule balle tirée et un montant substantiel dans une enveloppe.

Il y a un moment de silence.

- C'est la manière d'agir du Faucon. Il faisait quoi dans la vie, le disparu?

- Il travaillait à l'hôpital où on a hospitalisé ton témoin ...

- Comme de raison. Tu es sur place. Fais les constatations. Je les verserai au dossier plus tard.

- Pas de problème.

Ils raccrochent. Luc reprend son souffle. Il remercie Lucie. Elle sort pendant que Luc entre dans la pièce où il y a les deux adolescents.

- Vos parents vous attendent. Vous pouvez partir et n'oubliez rien.

Il montre les bouteilles de Ritalin. Les ados ramassent les

bouteilles avec un petit air suffisant. Ils sortent. Luc pousse un soupir de découragement et s'appuie sur la table. Il penche la tête un moment. Puis il la relève le regard brillant. Il sort de la pièce. Il se dirige vers son bureau, y entre et ouvre son ordinateur. Il commence à remplir un formulaire de plan d'enquête sur son ordinateur. En même temps, il prend son téléphone et compose un numéro. Il prend rendez-vous avec le juge Falardeau pour le lendemain. Il appelle ensuite l'école des ados et prend un rendez-vous à une autre heure. Quand il a fini, il sauvegarde le fichier sur le serveur et ferme son ordinateur. Il se lève et sort.

Luc s'assoit dans sa voiture et démarre. Il sort du stationnement pour retourner à la maison. Son cellulaire sonne. Il enclenche le dispositif mains libres qui lui permet de répondre tout en conduisant.

- Allo!

- Luc! dit le capitaine Froley. Je viens de voir ton plan d'enquête sur le serveur. Tu n'y vas pas un peu fort?

- Je ne crois pas. Il y a sûrement quelqu'un en arrière ou un réseau pour écouler la marchandise. Peut-être qu'on ne peut rien faire pour arrêter le jeune. Par contre, s'il y a un adulte impliqué, il va le sentir passer.

- C'est un point de vue. Je mets une équipe de filature sur son cas demain matin. Ne m'arrive pas avec un plan d'infiltration. Je n'ai pas de policiers qui ont l'air aussi jeunes.

- Pas de problème.

Ils raccrochent.

Luc arrive chez lui. Sa femme, Roxane est dans le salon en train d'essayer de faire cesser les pleurs d'un enfant. Luc entre et lui dit bonjour.

- Habituellement, tu arrives à les calmer plus vite que ça.

- Je t'attendais. Je suis sûr que je n'arriverai pas à le calmer. Il a quelque chose mais je ne sais pas quoi. Il fait de la fièvre et je lui donne du Tempra, comme le docteur l'a recommandé aux parents, mais cela ne fonctionne pas.

- Tu veux que j'appelle Sophie?

- Non, elle est déjà là à garder les autres enfants. J'ai besoin d'aller à l'hôpital. Je ne me vois pas conduire et prendre soin de lui.

- Et tu me disais que ton service de garde pour les parents qui travaillent la nuit ne nous causerait pas de problème, dit Luc avec un sourire chaleureux et légèrement moqueur.

- Je suis désolée.

- Ne le sois pas. Je t'aime et je veux t'aider à réaliser tes rêves. J'imagine que je vais devoir manger à l'hôpital.

- Je t'ai préparé une portion que tu pourras faire chauffer au micro-onde.

Elle la montre du doigt. Luc prend le paquet en la remerciant et lui ouvre ensuite la porte pour retourner à la voiture. Ils sortent.

Ils se rendent à l'hôpital et s'inscrivent. Luc et Roxane entrent dans la salle de tri et expliquent le cas à Charlène. Elle les amène dans un coin où on peut isoler une civière par un rideau. Il y a déjà un adolescent sur une civière à côté. Le Dr Benoît vient ausculter l'enfant.

- Il a quel âge?

- Un an. Je lui ai donné les doses de Tempra inscrites sur la bouteille, mais rien ne se passe.

- C'est peut-être un cas simple. Charlène, apportez une balance.

Charlène s'exécute. Ils pèsent l'enfant pour s'apercevoir qu'il fait deux fois le poids normal.

- On va essayer le Tempra en dose double. Si après ça, il n'y a pas d'amélioration, nous ferons d'autres tests. Vous n'êtes pas le policier qui recherchait une arme?

- Oui. Nous avons fini par la trouver. Avec beaucoup de bouteilles de Ritalin. Qu'est-ce que ça fait au juste ce médicament.

- C'est un stimulant de la famille des amphétamines. On s'en sert pour aider les enfants à apprendre. Ça donne de bons résultats.

- Doc, vous pourriez m'en prescrire? demande l'adolescent du lit voisin. Parce que je pourrais les revendre pour 30 $ la pilule. J'aurais pu besoin de demander de l'argent de poche à mon père.

Luc et le Dr Benoît le regarde un petit moment puis ils s'éloignent un peu.

- Demain, je vais à l'École Marie-Victorin, dit Luc. J'aimerais ça que vous veniez. Juste pour parler de ce qui vient de se passer.

- Vous allez rencontrer les élèves?

- Non, la direction.

- Je suis en congé demain. Ma femme travaille là. Donc, ça pourrait se faire. Je lui demanderai à quelle heure. Vous m'excuserez, je suis un peu débordé.

Et il s'éloigne pour voir un autre patient. Luc retourne près de Roxane et l'entraîne vers la cafétéria. Elle résiste un peu, mais Charlène et Luc parviennent à la convaincre de manger un peu.

Le lendemain matin, Jacques entre dans son bureau et salue Ghislaine. Kathleen l'attend.

- Bonjour! Que puis-je faire pour vous?

- J'aimerais avoir un délai concernant le cas de fraude dont a été victime ma cliente.

- Cela fait déjà plusieurs délais que je vous accorde. Vous imaginez le stress de l'autre partie?

- L'autre partie, c'est une compagnie d'assurances. Elles ont les reins solides et une batterie d'avocats pour faire leur recherche. Moi, je n'ai pas ça.

- Pourtant Claude a les moyens de vous appuyer autant.

- Peut-être. J'essaie quand même de ne pas trop peser dans son budget. Je lui coûte plus que je lui rapporte.

- Il le sait. Il sait aussi que vous vous battez constamment pour la justice et cela compte plus que le reste pour lui. Depuis qu'il a de l'argent, il attire l'argent. Il a besoin de quelqu'un comme vous pour réaliser ses objectifs personnels. Laissons cela. Vous voulez un délai de combien de temps?

- 3 semaines.

- C'est plus simple de vous accorder un mois. Voyez cela avec Ghislaine.

Puis se tournant vers Ghislaine, il ajoute :

- J'attends aussi l'inspecteur Dagenais. Faites le entrer dès qu'il arrive.

- Bien, monsieur le Juge.

Jacques salue Kathleen et entre dans son bureau pour travailler sur ses dossiers.

Une heure passe ainsi avant qu'il ne reçoive la visite de Luc.

- J'ai reçu vos demandes de mandat par courriel. Je ne les ai pas encore signés. Avant de le faire, j'aimerais en savoir un peu plus. Le suspect est assez jeune. Il est de l'âge de ma fille.

- Je m'en doute. Je crois devoir le faire pour trouver qui est derrière lui, qui en tire le maximum de profit.

Ils s'assoient.

- Le Ritalin est un médicament, je crois?

- Oui. Hier, j'ai dû me rendre à l'hôpital pour un enfant malade et j'ai rencontré un docteur qui m'a donné des explications. Il doit venir à l'école de l'adolescent quand je vais rencontrer la direction. Nous sommes tombés sur des faits surprenants.

- Je me demande si je peux assister à cette rencontre. L'enfant va mieux? ajoute-t-il, tout en appuyant sur le bouton d'interphone le reliant à Ghislaine.

- Oui, il va mieux.

Jacques prend ses dispositions pour aller à l'école avec Luc puis il le reconduit en lui promettant de lui donner les papiers lors de la rencontre.

Plus tard dans l'après-midi, Jacques et Luc se retrouvent à

l'école. Michel, le directeur, vient leur ouvrir la porte. Il est un peu surpris.

- Je ne m'attendais pas à avoir autant de monde.

- Je m'excuse de vous bousculer comme ça, dit Jacques, mais j'ai vraiment besoin de savoir de quoi il retourne avant de donner des papiers lui permettant de fouiller partout.

- Je comprends. J'ai déjà déplacé la réunion dans une salle plutôt que dans mon bureau. Si vous voulez me suivre.

Ils se dirigent vers une salle de conférence et entrent. Chantale, Hélène, Madeleine et le Dr Benoît les attendent devant un café. Ils se saluent et ceux qui ne se connaissent pas se présentent. Tout le monde s'assoit.

- L'inspecteur Dagenais veut enquêter sur un possible trafic de Ritalin, commence Michel.

- Je vous arrête tout de suite, intervient Hélène. En tant que membre de l'exécutif du syndicat, je ne peux pas m'impliquer dans une enquête concernant un professeur.

- Je ne savais pas qu'un professeur était impliqué.

- Ce n'est pas le cas?

- Je n'en sais rien. Actuellement, tout ce que j'ai, c'est deux étudiants de votre école avec 20 bouteilles de Ritalin.

- Bien entendu, ce n'est qu'un médicament comme un autre, fait remarquer Madeleine

- Je le croyais encore hier soir, répond le Dr Benoît. Un patient m'en a demandé pour pouvoir le revendre.

- Ah! Ah! fait Madeleine.

- Je sais, j'ai eu tort! Nous avons tout le temps tort! Est-ce qu'un gars qui va argumenter loin de sa femme, seul dans le bois, continue à avoir tort?

- Oui! répond Madeleine, en choeur avec Hélène et Chantale. Jacques se met à rire.

- Soyons sérieux. J'aimerais avoir une idée exacte de ce qu'est le Ritalin.

- C'est un médicament qui est prescrit dans les cas d'hyperactivité, répond le Dr Benoît. Cela calme les enfants ou encore cela stimule ceux qui sont apathiques.

- Vous êtes en train de me dire que ce médicament sert à traiter deux troubles d'attention opposés?

- C'est encore plus tordu que ça, intervient Chantale. L'hyperactivité est un état d'excitation de l'hypothalamus la plupart du temps. Le Ritalin agit sur le lobe frontal, une région du cerveau complètement différente.

- Vous allez me perdre.

- Ne vous en faites pas, le rassure Madeleine. Même les spécialistes se sentent un peu perdus dans tout ça. Ils ont constaté que cela fonctionne dans certains cas. Il y a même des cas où il est indispensable. En France, le Ritalin n'est utilisé qu'en clinique. Ici, la consommation augmente de 200 % par année. Cela fait dire à certains psychiatres que l'on détourne le Ritalin de son usage normal.

- Ce qui voudrait dire du trafic de drogue.

- Oui, répond le Dr Benoît. Et d'après le patient que j'ai rencontré hier, ils peuvent en tirer facilement 3 600 $ par bouteille. Elle leur en coûte 120 $.

- Bonne marge de profit.

Jacques sort les papiers légaux et les signe. Il les remet à Luc.

- Je vais me faire le plus discret possible.

- C'est inutile, mentionne Michel. Vous seriez surpris du nombre de parents qui filment l'école dans l'espoir de faire des poursuites. Faites simplement comme eux.

- Je voudrais avoir accès aux dossiers des élèves et j'aimerais obtenir la liste des amis qu'ils ont. Est-ce possible?

- Bien sûr. Mais je voudrais avoir une réunion avec mon personnel dès que tout sera finalisé.

-D'accord.

Jacques, Luc et le Dr Benoît se lèvent en disant qu'ils ont ce qu'ils voulaient. Ils sortent. Michel reste dans la salle de conférence avec Hélène, Chantale et Madeleine.

- Je n'aime pas tellement que la police vienne faire une enquête à l'école, mais je n'y peux rien. Ils font leur boulot. Et on n'a pas que des enfants de coeur dans l'école. Il y a une chose que nous pouvons faire par contre, c'est éliminer le plus possible l'usage du Ritalin.

- Je vois où vous voulez en venir. Hélène et moi sommes les seules orthopédagogues de l'école.

- Pas question! Nous ne sommes pas reconnues dans la convention collective et nous n'avons pas tous les moyens qui devraient venir avec.

- Est-ce que je vous ai déjà laissé tomber?

- Non.

- Alors faites-moi confiance. Je vais trouver des ressources pour ce projet. Pas d'objection à l'appeler « Projet Ritalin »?

- Non. Mais ça va être difficile de respecter la convention.

- C'est notre chance Hélène. On peut prouver notre utilité et notre compétence. Nous trouverons des solutions au fur et à mesure que les problèmes se poseront.

- Je commencerais par l'étude du français et des mathématiques. Ces matières permettent de comprendre le reste qui est enseigné. Madeleine, as-tu une liste des étudiants qui utilisent le Ritalin?

- Oui, mais je ne sais pas si elle correspond à la réalité. Il ne faut pas oublier qu'il y aura toujours des élèves qui ne pourront pas fonctionner sans Ritalin.

- Nous en sommes conscientes. À long terme, nous allons les trier. On va commencer par regrouper ces élèves-là. Laquelle prend le français?

Chantale attend dans une salle. Des élèves avec des papiers entrent tranquillement dans la salle. Ils ont leur sac à dos. Ils se choisissent des places en fonction des gens qu'ils connaissent. Quand elle a tout son monde, elle ferme la porte.

- Bonjour. Vous êtes ici parce que vous prenez du Ritalin en raison de problèmes d'apprentissage.

- Ça y'est! Ils ont fait une classe de débiles! lance un étudiant.

- Ce n'est pas une classe de débiles. C'est une classe où il y a des gens qui ont des manières différentes d'apprendre. Ce qui ne donne pas toujours les résultats attendus. Faites-moi confiance. Ensemble, on va y arriver et on n'aura pas besoin de certaines affaires comme le Ritalin. C'est un défi que je vous lance.

On entend un oui pas très convaincu venant de la classe.

À la fin de la première journée, Chantale et Hélène sont assises au bout de la table de la salle de conférence avec des papiers devant elles. Michel et Madeleine entrent.

- Comment s'est passée la première journée? demande Michel en s'assoyant.

- Assez bien, répond Hélène. Nous sommes en train de rediviser le groupe pour avoir des étudiants qui ont des problèmes d'apprentissage similaires.

- Nous avons aussi commencé à créer notre matériel d'enseignement, continue Chantale. Ce n'est pas quelque chose de standard.

- Je viens de commander la méthode Attentix, réplique Michel d'un air embêté. Avoir su je n'aurais pas fait la dépense.

- Vous oubliez ce dont on a parlé tout l'après-midi, rappelle Madeleine. Vous allez les brûler, continue-t-elle en désignant Chantale et Hélène, si vous leur laissez des groupes d'hyperactifs. Les jeunes hyperactifs ont besoin d'être avec leurs pairs. La méthode Attentix est parfaite dans ce cas précis.

- Et la méthode Éducattention?

- Vous pouvez la mettre en pratique avec un professeur d'éducation physique qui comprend l'importance de faire réfléchir l'étudiant sur les mouvements qu'il va faire.

- Alors on va avoir un autre prof d'éducation physique?

- Non. Je suis capable de le faire en plus de mon travail de directeur.

- Bienvenue au club! lance Hélène.

La discussion se poursuit dans la même veine.

Pendant ce temps, Luc a pris des photos des étudiants qui

sortaient de l'école en se concentrant sur l'adolescent qui avait plusieurs bouteilles de Ritalin ainsi que sur ses amis. Il travaille ensuite à monter un tableau où les relations sont mises en évidence. Après un certain temps, il montre le tableau au capitaine Froley et à Jacques.

- Comme vous voyez, votre Honneur, tous les gangs de rue vont à cette adresse et souvent ils ressortent avec des paquets. Au registre des entreprises, il n'y en a qu'une dans ce bâtiment. Je n'ai trouvé aucun dossier au nom du propriétaire.

- Ça pourrait être un honnête commerçant.

- Moi, je veux bien. S'il est prêt à m'expliquer ce qu'il fabrique avec les gangs de rue. J'ai essayé d'avoir une rencontre, mais le propriétaire n'est jamais disponible.

- Je vais vous donner une commission rogatoire concernant son entrepôt uniquement. Si vous ne trouvez pas de matériel illégal, peu importe la nature, vous vous excusez et vous sortez.

- Je n'en veux pas plus, votre Honneur.

Jacques sort alors un papier et le remet au capitaine Froley. Il quitte la pièce.

La descente est organisée. Les voitures de police se stationnent près de l'édifice. Le capitaine Froley et Luc entrent dans le bâtiment suivis de quelques policiers. Luc montre la commission rogatoire à la secrétaire de la réception qui s'empresse d'appeler le patron. Le Faucon se présente à la réception en souriant et lit la commission rogatoire. Avec un grand sourire, il les amène dans l'entrepôt ou ils trouvent des appareils électroniques et des vêtements. Luc et le capitaine Froley regardent autour d'eux. Luc est un peu déçu parce que tout semble anodin.

- Je pense que nous allons devoir faire des excuses.

Le capitaine Froley se met à regarder fixement des emballages.

- Je ne suis pas sûr moi. Dites Monsieur Tremblay?

- Oui?

- Depuis quand Gucci a une usine en Afghanistan?

- Aucune idée.

- La commission rogatoire nous permet d'examiner votre stock. Nous allons vérifier quelques numéros de séries.

- Comme vous voulez.

Le Faucon s'éloigne en direction de la réception pendant que les policiers ouvrent des boîtes. Ils peuvent constater que les numéros de séries sont identiques. Comme ils constatent que l'entrepôt est rempli de marchandise contrefaite, le Faucon revient avec un carnet de chèques et un individu. Luc l'apostrophe.

- Vous savez que c'est de la marchandise de contrebande?

- Oui. Il y a de la demande. J'en vends pour 200 000 $ par jour.

- Vous ne serez donc pas surpris si nous vous arrêtons.

- Je ne pense pas que vous allez le faire. La loi sur le droit d'auteur est tellement désuète qu'elle n'a prévu comme peine maximale qu'une amende de 5 000 $. Voici mon avocat qui va régler tous les détails juridiques et qui va vous remettre un chèque de 5 000 $. Moi je vais prendre ma journée. Bye-bye!

Le Faucon s'en va alors que Luc le regarde durement.

- Il m'énerve ...

- En plus il a raison ... fait remarquer le capitaine.

Ils vont ensuite mettre les employés dehors et apposer des scellés. Puis, ils commencent à faire un inventaire rapide. Ce qui leur prend quand même un certain temps.

À la fin de la journée, Luc et le capitaine Froley sortent de l'édifice.

- Tu reviens au bureau?

- Non. Ma femme a reçu son agrégation pour le service de garderie de nuit. Je dois aller le chercher au CLSC.

- Pas de problème. On se revoit au bureau demain matin.

- C'est ça.

Ils se saluent et montent dans leur voiture respective. Luc se rend au CLSC. Il stationne sa voiture et entre. Luc prend un numéro et s'assoit. Nathalie sort d'un bureau et nomme le numéro de Luc. Ce dernier entre dans le bureau de Nathalie et signe les différents papiers nécessaires tout en socialisant un peu. Le portable de Nathalie sonne. Elle répond.

- Nathalie? Je me rends sur les lieux d'un accident près de Henri-Bourassa et Lacordaire. Je préférerais que tu viennes me chercher là plutôt qu'à la centrale d'Urgence santé.

- Pas de problème. Bye!

Nicole arrive sur les lieux de l'accident. Une voiture est coincée sous un camion. On entend des sirènes qui approchent. Le camion de pompiers de la caserne 27 et l'ambulance d'Yvan et Léon arrivent sur les lieux. Jean-Louis descend du camion et donne les ordres pour sécuriser les véhicules. Léon et Yvan mettent leur casque de sécurité et s'approche de la voiture. Ils sortent rapidement un bébé qu'ils confient à Guylaine. Nicole descend de la voiture avec son équipier. Elle se précipite vers la valise arrière, l'ouvre et prend une trousse d'urgence. Sylvain et Léon sortent le mari de la voiture. Yvan demande à Nicole de prendre les constantes du mari. Elle le fait alors que son coéquipier commence à lui donner des soins. Léon et Nicole retournent vers la voiture. Léon se place sur le siège du conducteur et Nicole sur le siège arrière. Jean-Louis positionne l'équipe de désincarcération. La femme est coincée. Elle est à moitié consciente et parle de sa fille.

- Elle va bien, on va vous sortir de là, dit Yvan pour la rassurer.

Yvan et Léon essaie de voir ce qui la bloque. Nicole pose un collier cervical. Yvan questionne la femme tout en l'auscultant. Léon installe différents moniteurs.

- On n'a pas beaucoup de place pour travailler, remarque Léon.

- Sa tension baisse, s'inquiète Nicole.

- Je vois une hémorragie importante que je n'arrive pas à atteindre. On essaie les coagulants?

- Je ne vois pas d'autres choix. Est-ce que vous pouvez les injecter près de l'hémorragie?

- J'essaye.

Yvan se tortille dans l'habitacle et essaie. Il n'y parvient pas. Il se redresse avec une exclamation de dépit.

- Prenez soin de mon enfant, murmure la femme.
- Elle s'enfonce!
- Je ne peux pas la choquer!
- Restez avec nous, Madame!! crie Léon. Votre enfant a besoin de vous!

Léon continue à parler à la dame pendant que Nicole et Yvan essaient de la dégager afin de pouvoir utiliser le défibrillateur. Ils n'y parviennent pas. Le moniteur cardiaque devient plat puis celui de l'encéphalogramme.

- Il est trop tard, soupire Nicole.

Yvan se relève et se met à cogner sur la voiture en sacrant. Nicole sort tranquillement de la voiture et jette un coup d'oeil à Nathalie qui, entre-temps, est arrivée. Cette dernière se tourne vers le mari et essaie de lui parler. Il la regarde d'un air hébété et ne répond pas. Léon sort aussi de l'épave et se dirige vers Guylaine. Il prend l'enfant tout doucement.

- T'es pas chanceux. On peut rêver mieux comme départ dans la vie. On va t'aider du mieux que l'on peut.

Nicole qui s'est approchée de Léon le regarde avec admiration. Nathalie s'approche aussi.

- Léon, le père s'enfonce psychologiquement et je n'arrive pas à établir le contact.
- J'y vais.

Il donne alors l'enfant à Nicole. Jean-Louis s'approche et fait un geste de bénédiction sur la tête de l'enfant. D'autres pompiers viennent faire la même chose.

- On met les toiles pour empêcher les journalistes de prendre des photos, ordonne Jean-louis. Vous autres, prenez votre temps, mais respectez son corps, même si elle est morte.

Les pompiers acquiescent et se remettent au travail. Léon s'approche du mari qui est sur une civière en position assise. Il s'assoit à côté de lui.

- C'était quelqu'un de formidable.

Le mari le regarde l'air à moitié absent.

- Vous ne voulez pas en parler. Je comprends.

Léon lui pose une main sur l'épaule et serre doucement. L'homme semble indifférent. Il regarde Léon quelques fois et éclate soudain en sanglots.

- C'est le coeur de ma vie!

Léon le serre dans ses bras.

- Laissez-vous aller. Vous affrontez ce qu'il y a de plus dur dans la vie. C'est normal d'avoir mal. Personne ne vous en voudra.

Les différents services nettoient la chaussée. Les blessés sont amenés à l'hôpital et Léon rentre chez lui après sa journée de travail. Jacinthe est en train de préparer un repas. Léon entre dans l'appartement, l'air lugubre.

- Bonsoir.

Léon marmonne un bonsoir et se dirige vers l'évier. Il s'y appuie.

- Qu'est-ce qui se passe?

- Il y a eu un accident avec une femme et son enfant sur Henri-Bourassa.

- J'ai entendu ça à la radio. La femme ne s'en est pas sortie.

- Non. Moi, Yvan et Nicole avons tout essayé. C'est dur.

Jacinthe regarde Léon un moment. Elle se dirige ensuite vers le salon et met un disque. Elle s'approche, le prend dans ses bras et danse avec lui. Elle lui offre en fait un havre d'amour pour le protéger des horreurs qu'il doit affronter dans son travail.